이별의 반대말은 저별

인문학 강사와 함께하는
요람에서 무덤으로의 여행

이별의 반대말은 ——— 저별

신디리 지음

좋은땅

목
차

생(生)
이 별에서

로(老)

이별 여행

병(病)

인생의 자명종

사(死)

저 별로

들어가는 글

이 별 에 서   저 별 로

인생이란 내가 도대체 왜 태어나서 이렇게 살아가고 있는지 알아차리는 게임이라고 생각한다. 지구 위에 살고 있는 모든 사람들이 같은 게임을 하고 있는 것이다. 우리는 왜 태어나고, 왜 살아가고, 왜 아프고, 왜 죽는 걸까. 그 질문에 제대로 답하기 위해 학교에 가고, 책을 읽고, 사람들을 만나고, 모임을 하고, 상처를 입는다. 그렇게 우리는 해답을 찾아간다.

정답을 찾았다 하더라도 게임은 끝나지 않는다. 게임이 종료되는 시점은 죽는 순간이기 때문이다. 죽은 후에는 또 다른 게임이 펼쳐질지 모른다. 아무튼 우리는 현재 게임에 집중해야 한다. 죽기 전에 정답을 찾은 사람을 공자는 군자, 노자는 도사라고 불렀고, 불교에서는 부처라고 부른다. 그렇다. 게임에서 이기는 방법은 죽기 전에 깨닫는 것이다. 우리 모두 군자, 도사, 부처가 되기 위해 생로병사를 겪는 것이다.

우리는 모두 도(길)를 따라 깨달아 가고 있다. 어떤 사람들은 그 길을 신명나게 뛰어가고, 어떤 사람은 천천히 걸어가고 있다. 어떤 사람들은 도를 벗어나 엉뚱한 숲길에서 헤매고 있다. 하지만 우리는 나름대로 해답을 찾고 있는 중이다. 나 역시 그 길 위에서 이 책을 썼다.

게임은 본래 재미있는 것이지만 게임 자체를 포기하는 사람들이 늘어 가고 있다. 게임은 흥미진진한 것인데 힘겹게 느껴질 뿐이다. 그런 사람들이 이 책을 읽고 달라질 수 있을까. 많은 사람들이 이 책을 읽은 후 생로병사를 할 만한 게임으로 받아들일 수 있으면 좋겠다.

이 책의 원제목은 '생로병사 인문학'이었다. 인문학이 도대체 무엇을 하는 학문인지 물어보는 사람이 많다. 그만큼 모호하고 구체성이 떨어진다는 말이다. 나는 인문학을 '마음공부'라고 생각한다. 인문학 강의를 듣든, 인문학 축제를 가든, 인문학 책을 읽든 인문학을 마음공부로 대입하면 아주 쉽고 재미있어진다.

생로병사의 게임에서 가장 중요한 것이 마음공부(인문학)다. 마음공부가 잘된 사람, 즉 인문학적 사고를 하는 사람은 편안하고 만족스러운 삶을 살게 된다. 그 내용을 책으로 풀어 보았다. 생로병사 각각 10개의 꼭지로 개인적인 수필 형식으로 풀었으니 부담 없이 즐길 수 있을 것이다.

책에 자주 등장하는 인물 중에 '깍지'가 있다. 깍지는 콩깍지의 줄임말이다. 8년째 콩깍지가 견고하게 끼어 있는 나의 애인이자 동거인을 가리키는 별칭이다. 그는 1990년 1월생이고 나는 1978년 5월생이다. 12년 연하남이지만 띠 동갑은 아니다. 빠른 89년생으로 학교에 다녔다. 깍지는 고등학생 때부터 제대로 잠을 자지 못하고 일을 해야 했기 때문에 내가 충분히 잠들었던 시간을 뺀다면 우리는 거의 동갑이 될 것이다. 경험치를 고려한다면 정신 수준은 내가 열두 살 어리다고 봐야 한다.

살아가면서 만나는 모든 존재가 나를 깨닫게 하려고 오는 존재다. 그것을 확실히 인지하고 나면 게임이 좀 수월해진다. 깍지가 내 삶에 등장한 이후 나는 매일 더 나은 인간이 되고 있는 것 같다. 더 편안하고 자유로운 생활을 하고 있다. 깍지와 나는 생로병사의 길을 신나게 걸어가고 있다.

이 책을 통해 많은 독자들이 생로병사의 게임을 진정으로 즐길 수 있기를 바란다. 마지막 장을 덮는 순간 '이별의 반대말은 저별'이라는 것을 알게 되기를.

참고

- 본문에서 (死-7) 이렇게 나오면 생로병사 중 사(死) 챕터의 7번 꼭지에 더 자세한 내용이 나온다는 뜻입니다.
- 시대적 현장감을 위해 초등학교 대신 '국민학교'라고 표기했습니다.

생(生)

이 별에서

1.

내 본질을
알면 행복하다

사람은 세 가지로 구성된다. 몸, 마음, 영혼으로 말이다.

몸은 눈에 보인다. 손으로 잡을 수도 있다. 그리고 언젠가는 썩어 없어진다. 그러나 많은 사람들이 그것을 부정한다. 눈에 보이고 손으로 잡을 수 있는 물성이 흔적도 없이 사라질 수 있다는 사실이 무서운 것이다. 이단의 육체 영생 교리가 나오게 되는 이유다. 역사적으로도 몸의 유한성, 즉 죽음에 대한 두려움 때문에 많은 일이 벌어졌다.

몸이 나라고 믿는 에고(Ego)는 생활이 바쁘지 않으면 쉽게 방황에 빠지곤 한다. 죽음이자 소멸로 치닫는 자신을 어찌 가만히 바라볼 수 있겠는가. 죽음이 떠오르지 않도록 바쁘게 살

아간다. 타조가 몸을 숨기려고 머리를 흙 속에 처박듯이 말이
다. 열심히 돈을 벌어 큰 집에 살려고 애쓰고, 차를 바꾸고, 모
임에 나가고, 계도 한다. 결국 죽으려고 살고 있는 현실을 인정
할 수 없기에, 절대 죽지 않을 것처럼 일과 돈 혹은 명예에 집착
하는 것이다. 죽음을 인정할 때 우리는 아무것도 아닌 존재가
되어 버리니까. 그래서 몸이 나라고 믿는 사람은 삶을 고(苦)라
고 말한다. 그야말로 현실이 지옥인 것이다.

　사람을 구성하는 또 다른 하나는 마음이다. 마음이란 과연
어디에 있을까? 가슴에? 심장에? 아니면 뇌에? 마음은 우리 몸
세포 하나하나에 들어차 있다. 옆구리 살에, 대장의 세포에, 쇄
골과 관자뼈를 잇는 목빗근의 세포에, 손톱에, 머리카락에 마
음이 들어앉아 있다. 그래서 몸과 마음은 하나라고 하는 것이
다. 몸과 마음이 하나(심신일여)이기 때문에 몸에 병이 나면 마
음을 이용해 고칠 수 있다. 그게 치유다. 특히 몸 어딘가에 종
양이 생긴다면 그 부위에 들어 앉아 있는 묶인 마음을 더 느껴
서 분해해 종양을 제거할 수도 있다. (病-10)

　사람을 구성하는 나머지 하나는 영혼이다. 영혼은 어디에 존
재할까? 영혼은 우리 몸과 마음을 1인치 정도의 두께로 둘러싸

고 있다. 보통 도가 트인 사람들을 보면 아우라가 보인다고 한다. 그게 영혼이다. 영혼이 빛나는 것이다. 몸 바깥쪽 1인치 정도가 빛나는 것처럼 보인다.

영혼은 몸과 마음을 종일 담고 다녀서 고단하다. 그래서 매일 밤 우리를 잠재운다. 우리가 잠을 자는 동안 영혼은 휴식한다. 몸과 마음을 떠나 마음껏 돌아다니는 것이다. 영혼이 몸과 마음을 떠나 시간과 공간을 초월하며 경험한 것을 느끼면 그게 꿈이다. 영혼은 시공을 초월하기에 머리로 이해할 수 없고 꿈은 그래서 항상 말이 안 된다. 잠을 잘 잤다는 것은 영혼이 충분히 쉬었다는 뜻이라, 다음날 가뿐하게 다시 몸과 마음을 데리고 다닐 수 있는 것이다.

영혼의 실체는 우주 만물의 기운이며 본질이다. 죽으면 내 몸과 마음은 사라지고 영혼이 남는다. 내 본질은 없어지지 않는다. 그걸 확연히 몸으로 알게 되는 것이 깨달음이다. 의식의 깨달음이 아니라 몸과 마음이(다시 말하지만 몸과 마음은 하나다. 몸이다.) 깨지는 환골탈태(換骨奪胎)다. 이제까지 가지고 있던 몸이 완전히 바뀌는 과정인 것이다.

고대 인도 수행에서는 이렇게 깨달아지는 과정을 차크라

(Chakra)로 설명한다. 차크라는 산스크리트어로 '바퀴' 또는 '원반'을 뜻한다. 몸, 마음, 영혼이 바퀴처럼 돌아가는 에너지 저장소라고 할 수 있다. 주요 차크라는 회음부에서부터 시작해 척추를 따라 배꼽, 명치, 심장, 목, 이마를 거쳐 정수리의 백회까지 모두 일곱 개다. 물론 죽을 때 우주의 기운이 백회를 뚫고 우주로 돌아간다. (死-1)

하지만 죽기 전에 백회를 뚫어 버리면 기(氣)가 내 몸과 우주를 수시로 관통하는 것이다. 인도 수행자들은 백회까지 제7 차크라가 열리는 것을 온전한 깨달음으로 보았다.

백회가 열려서 깨달음을 얻은 사람들은 작은 일에 일희일비하지 않는다. 여유롭다. 만족하며 살아간다. 덕으로 살아가는 것이다. 주위 사람들에게 덕을 나누어 주면서 말이다. 예부터 왕과 왕비는 왕관을 썼다. 왕관은 백회가 뚫린 것을 표현한 장식품이다. 그러니까 왕관은 한 나라를 다스리는 왕과 왕비가 일반인과는 달리 깨달음을 얻은 사람임을 보여 주는 것이다. 그렇게 해서 백성들이 존경하고 따르게 하기 위함이다.

인간의 본질은 태초부터 있었고 영원히 존재하는 우주 본래의 기운 즉, 영혼이다. 영혼은 사람마다 각각 다르게 보이나 모

17

두가 하나다. 마치 바다를 구성하는 물방울 하나하나가 우리 개개인이고 바다 자체가 우주 만물의 기인 것과 같다. 파도가 칠 때 파편 하나하나의 본질은 바다인 것이다. 물방울 하나하나가 다 연결되어 바다가 되듯이 우리 모두는 우주를 구성하는 본래의 한 에너지다. 그래서 성경에서 네 이웃을 사랑하라고 하는 것이다. 또한 원수도 사랑할 수 있는 것이다. 인간을 구성하는 게 무엇인지, 나의 본질은 무엇인지 알고 살아갈 때 우리는 행복하다.

행복은 거창한 것이 아니다. 행복은 외부로부터 주어지는 것도, 또 밖에서 찾아야 하는 무언가도 아니다. 행복은 나를 구성하는 몸, 마음, 영혼을 이해하는 것이다. 내 본질을 알면 행복하다.

2.

피는
물보다 진할까?

가족이란 혈연이나 결혼으로 얽인 그룹을 말한다. 그러나 이제는 가족의 정의가 바뀌고 있다. 반려동물을 키우고 있는 분들이라면 모두 그 동물을 가족이라고 생각할 것이다. 더 이상 가족은 혈연과 결혼으로만 이루어지는 게 아닌 것이다. 요즘은 반려식물을 키우는 사람도 많다. 식물도 가족이 될 수 있다. 또 '팻락(Petrock)'이라는 신조어도 있다. 애완돌 또는 반려석이라고 한다. 심지어 돌까지 가족이 되는 시대다.

우리는 각자 가족의 정의와 범주를 결정할 수 있다. 어렸을 때 나를 때리기만 했던 아버지라면 가족이 아닐 수 있다. 피로 얽이는 것이 아니라 사랑으로 얽이는 것이 가족이 되어야 한다. 가족은 더 이상 혈연과 결혼이 아니라 사랑과 애틋함으로 규정되어야 한다.

남녀가 꼭 결혼을 해야만 가족을 이룰 수 있는 것은 아니라는 인식이 확산되고 있다. 카피라이터이자 작가인 김하나와 황선우의 책 《여자 둘이 살고 있습니다》에는 1인 인구가 원자와 같다고 한다. 앞으로 무수히 다양한 형태의 '분자 가족'이 태어날 거라고 한다. 여자 둘이 살고 있는 김하나와 황선우의 분자식은 W2C4, 여자 둘, 고양이 넷. 깍지와 나의 분자식은 W1M1이다. 딸은 girl의 G, 아들은 boy의 B, 애완견이 있다면 dog의 D로, 애완묘는 cat의 C로 자기만의 분자식을 만들어 보라.

70만 구독자를 가지고 있는 유튜버, 멜 다투간(Mel Datugan)[*]은 남편 쉐인과 함께 4년 전에 한국인 아이, 동윤이를 입양했다. 동윤이가 엄마라고 믿고 있던 한국인 보호자와 헤어지고 멜의 가족과 함께 떠나는 동영상을 보면 어김없이 눈물이 난다. 동윤이는 이제 줄리안이라는 이름으로 멜 가족의 멋진 구성원이 되었다. 멜과 쉐인은 줄리안을 위해 한국 음식을 요리해 주고, 한국 문화를 공부한다. 한국어를 잊지 않도록, 친아들

[*] 현재 채널명은 'Mel Gutierrez'이다.

을 '형'이라고 부르게 하고, '김'을 먹을 거냐고 묻는 것과 같이 한국어를 섞어 말한다. 멜과 쉐인은 멋진 부부였고, 그 넷은 완벽한 4인 가족이었다. 그들의 분자식은 W1M1B2다.

2년 전쯤 Mel and Shane이었던 채널명이 Mel Datugan으로 이름이 바뀌었고, 몇 개월 지나지 않아 멜은 쉐인과 이혼했다고 밝혔다. 둘의 좋은 모습만 봐 오던 나에게는 충격이었다. 하지만 멜과 쉐인은 아이들을 위해 슬프거나 괴로운 모습을 보이지 않았다. 전 세계 사람들이 자신들을 어떻게 생각할지 고민이 많았을 텐데도 서로를 탓하지 않았다. 구독자들도 왜 헤어졌냐, 이혼한 이유가 뭐냐고 묻지 않았다. 힘내라고 응원하는 댓글들이 대부분이었다. 사실 나는 도대체 무슨 연유로 이혼을 했는지 궁금했지만 둘의 사정은 그들에게 맡기는 것이 성숙한 모습이라는 것을 알게 되었다.

나 역시 언젠가, 어쩌면 책이 나온 직후에 깍지와 헤어질 수도 있을 것이다. 사람들은 그런 나를 향해 사랑이니, 믿음이니 얘기하더니 꼴좋다고 얘기할지 모른다. 하지만 그런 사람이 있다면 내 의도를 잘못 이해한 것이다. 나는 지금 이 순간 깍지를 사랑하고, 믿는 것이다. 미래는 아무도 장담할 수가 없다. 그래서 결혼식을 하지 않는 것이다. 검은 머리 파뿌리 될 때까지 사랑하겠다고 많은 사람들 앞에서 맹세를 한 후, 그것을 지키지 않는 것이 나에게는 부자연스러운 일이다. 지금 이 순간 깍지를 사랑하고 있으니까 결혼하지 않고, 사실혼을 유지하는 것이다. (老-6)

나는 사람들이 '가족끼리는 사이좋게 지내야 하고, 자주 보면서 살아야 한다'는 패러다임에 갇히지 않으면 좋겠다. 모든 사람들과 사이좋게 지내는 것은 좋은 거다. 하지만 가족이라는 이름으로 다른 가족 구성원에게 그걸 강요하는 것은 수천 년 이어져 온 유교 관념일 뿐이다.

지인 중에는 어려서 외삼촌에게 수차례 성폭행을 당한 사람이 있다. 미용실을 하는 바쁜 엄마가 방학 때마다 외가에 보낸 결과다. 외삼촌은 그 지방에서 조폭 비스무리했는데 교도소에 자주 들락거렸다고 한다. 교도소에서 빼내기 위해서 엄마가 들인 돈도 엄청나다고 한다. 성인이 된 후, 용기를 내어 엄마에게 성폭행 당한 사실을 고백했지만, 엄마는 외삼촌 편을 들었다.

지인의 말을 들어 보면 그녀의 엄마가 그녀에게 하는 막말은 보통 수준이 아니다. 그 엄마는 딸을 어떻게든 돈 많고 능력 있는 남자와 결혼시켜 자신을 호강시켜줘야 할 담보 정도로 여기는 것 같았다. 지인은 엄마와 전화 통화하는 것도 상당히 힘이 든다고 토로했다.

한 달 동안 엄마와 연락을 하지 않으면서 죄책감을 느끼고 있던 그녀는 '가족이라고 꼭 연락하며 지내야 할 필요는 없다'는 내 말에 크게 위안을 받았다. 그런 엄마는 가족이 아니라고 생각하면 될 것 같은데 그게 쉽지 않다. '저 사람은 가족이 아니다'라는 마음가짐이 나를 힘들게 한다면 어떻게든 자신을 위해서라도 그 사람을 용서해야 할 것이다. (老-8) 하지만 '저 사람은 가족이 아니다'라는 마음이 오히려 나를 편안하게 만든다면? (드물지만 그런 일이 일어난다면) 그 사람은 이미 가족이 아닌 것이다.

가족은 태어나면서 주어지지만 살아가면서 바뀔 수 있으니 가족이란 이름의 멍에를 짊어지고 질질 끌려다니지 않아도 된다.

3.

나는 자연인이다

'나는 누구인가'라는 질문은 아주 식상해졌다. 하지만 내가 2008년에 이 질문을 처음 받았을 때의 당혹감을, 아니 신선함을 활자로는 표현할 수 없을 것 같다. 2500년 전에 소크라테스가 '너 자신을 알라'고 말했지만 그건 교과서에나 있는 말이었다. 지구 반대편에서 생전 처음 보는 사람에게서 육성으로 이 말을 처음 들었다. 프란츠 카프카가 말했던 뒤통수를 내리찍는 도끼 같은 질문이었다.

내가 30년 가까이 누군지도 모르고 살았다니. 내가 누군지도 모르는 주제에 만나던 남자들에게 '금방 다른 여자를 쳐다봤냐', '곧 전화한다고 했으면서 왜 안 하냐', '왜 문자 답을 안 해

주냐', '왜 내게 더 많은 관심을 가지지 않냐'고 따져 물었다. 내
가 누군지도 모르면서 4남매 중에서 제일 돈을 잘 번다고 뻐기
고 싶어 안달했다. 내가 누구인지 몰라서 조선소에서 가장 튀
는 비서가 되기 위해 매일 입고 갈 옷과 치장할 머리에 신경을
쓰느라 삶이 고달팠다. 내가 누구인지 몰라서 그랬다.

그 당시 나는 조선소에서 아랍국가가 수주한 LNG선 프로젝
트의 비서로 근무하고 있었다. 본사에서 한국으로 파견되었던
직원은 나보다 두 살이 어린 20대 중반의 싱글남이었다. 무슬
림이었기 때문에 돼지고기를 절대 먹을 수 없었지만 '돼지고기
안 먹어요'라는 서툰 한국말로는 볶음밥 속의 자잘한 베이컨을
막을 수 없었던 그 사람은 사무실 비서인 나를 데리고 밥을 먹
으러 가곤 했다. 우리는 밥을 자주 먹으면서 자연스럽게 2년 동
안 사귀게 되었다.

그와 결혼하기 위해서 나는 무슬림으로 개종해야만 했고, 그
나라에 가서 살기 위해서는 한국 국적을 포기해야 했다. 나는
무슨 배짱인지 딱 하루 단식을 해 보고 막상 닥치면 라마단*을
잘 지킬 수 있을 거라고 장담했다. 올망졸망하게 커 가던 네 명

* 이슬람교에서 행하는 약 한 달가량의 금식기간으로 해가 떠 있는 낮
  시간에는 음식과 물을 먹지 않는다.

25

의 조카들을 몇 년에 한 번씩 볼 작정도 했다.

하지만 나를 2년 동안 가까이에서 지켜본 그는 내 캐릭터가 매우 강하다는 것을 알게 되었다. 순종적인 여자를 원하던 그는 나에게 "첫 결혼은 집에서 시키는 대로 무슬림 여자와 하고 너는 둘째 부인으로 고려해 보겠다"고 말했다. 그때부터 나는 "How can you do this to me?"(어떻게 나한테 이럴 수가 있니?)라는 문장으로 끝나는 대화로 그에게 생채기를 내려고 노력했다. 그러는 1년 동안은 싸웠다가 화해하고, 또 다퉜다가 시나브로 괜찮아지면서 엄청난 에너지를 소모했다.

조선소 여름휴가가 시작되기 전날 우리는 역대급으로 크게 다퉜다. 바로 다음 날 새벽, 나는 혼자 유럽 배낭여행을 가기로 되어 있었다. 그리스 산토리니에 갔지만 파랗고 하얀 섬은 온통 흑백이었다. 그리스에서 카페리를 타고 이탈리아 피렌체로 이동했다. 고대 그리스, 인간의 삶으로 돌아가자며 악몽 같은 1000년의 중세를 끝내는 운동인 르네상스가 부흥했던 곳, 도시 전체가 박물관이라는 곳이었다. 말을 하지 않으니 숨이 막혀왔다. 나는 누군가가 필요했다. 내 말을 들어줄 사람, 나를 이해해 줄 사람, 나와 같이 그 남자를 욕해 줄 사람이 필요했다.

　　10미터 앞에 동양인 여자가 걸어가고 있었다. 나는 여행객으로 보이는 그녀에게 다가가 다짜고짜 "Excuse me, can I join you?"라고 물으며 오늘 일정을 함께 하자고 제안했다. 그녀는 나보다 두 살이 많은 중국인이었고, 이름은 메이였다. 나는 메이 언니와 함께 재래시장을 돌아본 후, 1시간 동안 버스를 타고 피렌체 근교에서 열리고 있는 와인 축제에 참가했다. 현지 바리스타가 운영하는 카페에서 노닥거리다가 다시 버스를 타고 피렌체에 돌아와 이탈리아 정통 요리로 저녁을 먹었다. 밤늦게까지 젤라또를 먹으면서 나는 끊임없이 아랍 남자친구 얘기를 떠들어 댔다. 메이 언니는 내 말을 진심으로 경청했다.

　　하지만 더 인상적인 것은 그녀의 말과 행동이었다. 나 혼자 돌아다닐 때는 현지인들이 불친절하기만 했다. 하지만 언니와 함께 있을 때의 이탈리아인들은 아주 재미있고, 우호적이었다. 메이 언니의 농담과 대화가 사람들을 매료시키는 것 같았다. 언니와 함께 있으니 숨통이 트였다. 남은 2박 3일을 언니와 함께 보내고 싶었지만 이미 수수료 50만 원을 내고 바로 다음 날 한국에 돌아가는 일정으로 바꿔 놓은 상태였다. 최대한 빨리 한국으로 돌아가 남자친구에게 '어떻게 그럴 수가 있냐'고 다그

치고 싶어 참을 수가 없었던 것이다.

언니는 다음 날 한국으로 돌아가야만 하는 나에게 딱 세 가지만 알고 살라고 당부했다. 첫째, 네가 뭘 하고 싶은지, 둘째, 네가 뭘 잘하는지, 셋째, 네가 누구인지….

내가 누구인지 알고 살라니. 그건 아주 신선한 문장이었다. 내가 누구인지도 모르고 살아왔다니. 나는 더 이상 남자친구를 볼 생각을 하지 않았다. 가장 긴급한 일은 내가 누구인지 아는 일이었으니까.

다음 날 인천 공항에 도착한 나는 고향으로 내려갔다. 엄마에게 3000배를 하러 가자고 했다. 엄마와 나는 춘양면에 있는 각화사에서 각자 1000배 줄을 손에 감싸 쥐고 절을 했다. 엄마는 쉬지 않고 절을 했다. 여덟 시간이 걸렸다. 나는 1000배를 하고 1시간 쉬고, 다시 1000배를 하고 저녁 공양을 하고 왔다. 엄마는 3000배를 끝내고 눈을 감고 계셨다. 내가 헉헉거리는 숨소리에 귀를 기울이고 계셨을 거다. 300배쯤 남았을 때 나는 이상한 느낌에 휩싸였다. 나는 여전히 극기가 인문학적 사고를 늘리는 활동이라고 확신한다. 극한까지 가 보면 몸뚱이가 내가 아니란 걸 아는 지점, 내가 누구인지 알 것 같은 지점. 접신되는 느낌이랄까.

나는 자연이었다. 自然, 말 그대로 스스로 그러한 존재. 내가 열심히 살고자 아등바등할 필요 없는 존재, 누군가에게 인정받기 위해 난리칠 필요 없는 존재, 남자들에게 사랑받기 위해 애쓸 필요 없는 존재였다. 나는 남자들에게 사랑을 줄 수 있는 존재였다. 나는 사랑으로 넘쳐나는 사람이었으며 사랑 자체이기도 했다. 자연과 사랑은 동의어였던 걸까.

임마누엘 칸트는 살아가면서 꼭 가져야 하는 세 가지 핵심 질문을 인문학의 진, 선, 미라고 불렀다. '나는 누구인가'라는 물음은 진(眞)이다. 요한복음 8장 '진리가 너희를 자유케 하리라'는 성경 말씀처럼 내가 누구인지 알게 되면 자유로워진다는 것이다. 인간관계로부터, 승진으로부터, 경쟁으로부터, 외모로부터, 인정으로부터, 모든 것으로부터 자유로워진다.

지금도 내가 누구인지 알아 가는 과정의 삶을 살고 있지만, 알 것 같도록 물꼬를 터준 3000배로 내 삶은 훨씬 더 만족스럽고 여유롭다. 어쩌면 삶은 내가 누구인지 알아 가는 여정이 아닐까. 더 잘 알게 될수록 잘 살게 되는 것이다. 웃는 일이 많아지고, 더 행복하고, 더 편안하고, 더 안녕한 삶. 내가 누구인지 알아 가는 삶이다.

자, 그래서 그 아랍 남자와는 어떻게 되었는지 궁금할 것이다. 그 친구는 무슬림 여자와 결혼을 했고 지금은 여덟 살이 된 딸의 아빠가 되었다. (아직 부인은 하나다.) 지금의 내가 존재하는 것은 그 사람 덕분이다. 그 사람이 있었기 때문에 충분히 괴로워하고, 힘들어하고, 메이 언니를 만나 나를 찾아가는 여정에 오른 것이다.

나는 더 이상 불안해하거나, 애정결핍에 찌들어 살지 않는다. 남자를 믿을 수 있게 되었고, 의심이 줄었다. 8년 동안 한결같이 깍지를 사랑할 수 있었다. 타인에게 줄 수 있는 사랑이 나에게도 넘쳐난다는 걸 알게 되었다. 앞으로도 쭉 자연인(自然人)으로 살아갈 것이다.

Can you join me?

4.

윗물이 맑아야 아랫마을
사람들이 깨끗한 물을 마신다

엄마의 난자와 아빠의 정자가 만나 세포분열을 하면서 나라는 존재가 생겨났다. 나는 곧 엄마이고 아빠인 것이다. 우리 엄마는 외할머니 난자와 외할아버지 정자로 태어났고 아빠는 할머니 난자, 할아버지 정자로 태어났으니 나는 또한 조부모와도 같은 사람이 된다. 이런 식으로 계속 거슬러 올라가면 나의 조상은 곧 나이고 나는 곧 우리의 조상이 된다. 그렇기 때문에 버림받은 자식들은 부모를 원망하면서도 친부모를 찾고 싶어 하는 게 아닐까. 그래서 부모에게 학대를 받은 자식도 부모가 죽으면 문득 어느 순간엔 눈물을 흘리는가 보다. 부모와 조부모는 나의 근원이기 때문에...

　봉화군에서도 재산면과 명호면은 청량산을 사이에 두고 이웃해 있다. 외가는 명호면 소재지에서 명호정미소라는 상호를 달고 방앗간을 했다. 6.25가 터지기 전부터 물레방아를 돌려 벼를 도정했다고 한다. 친가는 재산면 소재지에서 중앙정미소를 했다. 장날 할머니 댁에 놀러 가면 촌에서 온 사람들이 나락을 맡기고 찾아가느라 늘 붐볐다.

　할아버지와 외할아버지는 양곡협회 회원으로 군청 양정계에 들락날락하면서 서로 아는 사이였다. 그랬기 때문에 외할아버지는 당신의 딸이 재산 중앙정미소 둘째 아들과 결혼하는 것을 반대해 결혼식에도 오지 않았다. 외할아버지는 술과 니나노를 즐기시던 할아버지와 사돈 맺기를 거부했던 것이다.

　그래도 나는 우리 할아버지가 좋다. 나만 보이면 '콩저이 콩저이' 하면서 귀여워했던 장면만 떠오른다. 그때 내 얼굴은 작고, 새까맣고, 아주 단단하고 못돼 보여서 그렇게 부른다는 걸 알고 있었지만 나는 그게 싫지 않았다. 외할아버지는 내가 두 살 때 뇌졸중으로 돌아가셔서 아무런 기억이 없다. 외할아버지를 직접 뵌 건 7년 전에 산소를 이장할 때였다. 뼈를 다 골라내서 화장하고 고향에 수목장을 했다.

그 옆에 누워 계시던 외할머니도 35년 만에 뵐 수 있었다. 내가 국민학교 4학년 때 교통사고로 돌아가셨다. 차에 치여 얼마나 높고 세게 날았다가 아스팔트로 떨어졌는지 두개골 오른쪽에 지름 3cm 구멍이 뚫려 있고 그 주위로 대여섯 개의 크랙이 나 있었다. 붕 떠오르던 순간에 이 세상과 작별 인사를 나누었을까. 할머니가 얼마나 놀라셨을까. 해골을 살살 문질러드렸다. 외할머니는 곧 나라고 생각하니까 무섭기보다는 성스러운 느낌이 들었다. 어릴 때 너무 말을 안 듣고, 삐지고, 대꾸를 해대서 외할머니는 '우리 딸 괴롭힐 년'이라고 손녀를 명명했는데, 그게 오판이었다는 걸 하늘에서라도 확인하셨길 바라면서 문질렀다. 외할머니 어금니에 끼어 있는 금니가 반짝거리고 있었다. 할머니가 흐뭇해하고 있는 것 같았다.

초록색 새마을모자를 쓰고 다니시던 아빠는 40년 동안 봉화군 지방공무원이셨다. 안동고등학교를 졸업하시고, 고려대 산림학과에 떨어져 2년째 재수하던 아빠를 할아버지가 끌고 내려와 면사무소에 취직시켰다. 면서기 하시다가 군대에 가셨는데, 아빠가 해 주신 말씀 중에 정말 재미있는 것이 있다. 낙하산에서 떨어져 찾아오는 훈련을 하는데 야산에 떨어지고 보니 눈에 익더란다. 면사무소 근무하면서 지나다니던 골짜기였던 것이다. 이장님 집에 찾아가니 그 당시 돈으로 만 원인가를 손에 쥐어 주셨다고 한다. 아빠가 살아 계시면 더 자세히 물어볼 텐데, 살아 계실 때 아빠의 젊은 시절 이야기를 더 많이 듣지 못한 것이 아쉽다.

어릴 때는 술 취해 집에 들어오시는 아빠가 무서웠다. 하지만 교육받으러 출장을 가셨던 날엔 술도 안 드시고 정장에 넥타이를 메고 들어오셨다. 친구들에게 아빠를 자랑하고 싶어 재산 정류소 들마루에 앉아 아빠가 탄 버스가 올 때까지 기다리곤 했다. 아빠가 그 고운 손으로(내가 본 남자 손 중에 가장 예쁘다.) 내 손을 잡고 신작로를 따라 집으로 가는 모습을 우리 반 애들 중 누가 봐 주길 기대하며 두리번거리던 기억이 아직도 생생하다. 친구 부모님들은 다 농사를 짓는데 우리 아빠는 면사무소에 다니고 정장까지 쫙 빼입은 멋진 모습을 자랑하고 싶었던 아이였다. 지금은 그 아이가 아빠가 교육받던 곳에 교육을 하러 다닌다. 경북 공무원교육원(현 경북인재개발원) 강의를 할 때는 우리 아빠가 어디쯤 앉아 계셨을까 생각도 한다. 살아 계셨다면 또 얼마나 기특해하시고, 얼마나 귀찮게 강의가 어땠냐고 물어볼까 의문이 들 때면 씁쓸하게 웃는다.

깍지의 부모님은 깍지를 많이 때렸다. 어릴 때 술심부름을 시켰는데 여섯 살 깍지가 술병이 든 비닐봉지를 휘휘 저으며 집에 돌아오다가 술병을 깨 버렸다. 깍지의 아빠는 깍지를 인정사정없이 팼다. 진한 쌍꺼풀, 새하얀 피부, 또래에 비해 훨씬 조그마했던 아이. 커다란 눈이 더 커지고, 하얀 피부는 더 하얗게 질렸겠지. 더 조그맣게 몸을 웅크렸을 것이다. 깍지가 최근에 여동생과 함께 자신들을 학대한 사실을 사과하라고 했더니 깍지의 아빠는 '그땐 그럴 수밖에 없었다'고 소리쳤다고 한다.

부모님 혹은 조부모님이 나에게 그런 아픔을 주고도 사과하지 않는다면 나는 과연 내 근원을 받아들일 수 있을까. 나는 곧 그들이기 때문에 제대로 살아가기 위해서 사과를 원하는 것이다. 사과를 받지 못하면 나의 본성에 큰 상처를 받게 된다.

사실 나는 부모보다는 자식들 편에서 상황을 이해하는 경향이 많다. 나에게 자식이 없어서 그렇고, 또 내가 자식이어서 그렇다. 만약 이 글을 읽는 독자가 부모라면 자식이 사과하라고 할 때 꼭 자식 입장에서, 온전히 자식이 되어서 생각해 보기를 바란다. 부모 입장에서만 보면 깍지의 아빠 말도 맞을 수 있다.

그 상황에서 자신이 그만큼 힘들었으며 그렇게밖에 할 수 없었을 것이다. 하지만 그런 객관적인 사실은 차치하고 온전히 자식의 마음을 느껴 보기를 부탁한다. 당신이 사과하는 말에 당신의 자녀는 자존감을 회복할 것이다. 앞으로 삶이 밝다고 느낄 것이다. 부모는 곧 나이기 때문에 그렇다. 나는 부모의 정자와 난자의 세포분열로 이루어졌기 때문이다. 나의 근원이 되는 두 사람이 한때 나를 아프게 했다는 사실은 감당하기 힘든 고통이다. 그 고통을 온전히 제거하는 평안을 자식에게 준다면 부모 역시 온전히 평안해질 것이다.

5.

팔자를 바꾸는 3가지 방법

많은 사람들이 새해가 되거나 큰일을 앞두고 사주(四柱)를 본다. 사람의 운명을 알아보는 사주는 태어난 해, 달, 날, 시로 네 가지 기둥이란 뜻이다. 나의 사주를 만세력에서 찾으면 여덟 글자(팔자)를 알게 된다. 하지만 사주팔자 그러니까 내 운명은 죽음과 마찬가지로 알 수 있는 영역이 아니다. 죽을 때까지 살아 봐야만 알게 되는 불가지(不可知)의 영역이다. 사주팔자를 명리라고도 부르는데 운'명'의 원'리'가 명리인 만큼 이름이 아주 매력적이다. 운명의 원리를 공부하는 학문이라니! 그래서 사주명리는 가늠할 수 없는 영역에 도달하기 위해 천 년이 넘도록 끈기 있게 움직여 왔다.

작년 말에 깍지의 사주를 보고, 올해 초 내 사주를 보러 갔다. 정식으로 돈을 주고 사주를 본 건 처음이었다. 40분 정도 소요되었고 7만 원을 지불했다. 다음에는 질문만 가지고 오면 전체 사주를 생략하기 때문에 5만 원에 볼 수 있다고 했다.

깍지의 사주를 풀 때도 그렇고 내 사주를 풀 때, 철학자의 해설은 구체적인 내용이 드물었다. 물론 여덟 글자 자체를 푸는 설명은 달랐다. 글자 자체가 다르니 그렇다. 대운이 들어오는 나이도 달라 깍지와 나의 사주가 차별이 되었지만 노후, 인간관계, 사업에 관한 해석은 누구에게든 적용할 만한 것들이었다. 노후에는 부동산에 투자를 하라든지, 인간관계는 너무 벌리지 말고 신중하라든지, 사업은 소규모로 하라든지, 최대한 리스크 없는 삶을 권유하는 리스크 없는 해설이었다. 그런 일반적인 조언을 아주 비밀스럽게 유통시키는 작업이 사주를 업으로 하는 사람들의 일일 수 있겠다고 생각했다.

강의를 본격적으로 하기 전, 명리학을 잠시 공부해 본 적이 있다. 집 근처에 있는 절에서 명리학 수업을 두 달 동안 들었다. 도심 속에 있는 절이라 일반 건물 2층에 있었다. 일주일에 세 시간씩 수업했는데 깊이 들어갈수록 내 머리로는 이해 불가란 사실을 받아들여야 했다. 그래도 미련을 버리지 못해 쉽고 재미있는 책을 여러 권 읽어 봤다. 그중에서 가장 인상적으로 남는 내용이 있다.

사주를 바꾸는 세 가지 방법이다. 사주를 바꾸는 첫 번째 방법은 적선(積善)이다. 말 그대로 선을 쌓는 일이다. 착한 일을 많이 하면 운명이 바뀐다는 것이다. 그 대표적인 예가 경주 최 부잣집 400년 부의 비밀이다. 400년 동안 재물운이 없는 사주를 타고난 자손도 분명 있었을 텐데 어떻게 부를 유지할 수 있었을까? 적선 때문이다. 다음의 경주 최 부잣집 가훈을 읽어 보면 감이 올 것이다.

① 과거를 보되 진사 이상 벼슬을 하지 마라.

② 만석 이상의 재산은 사회에 환원하라.

③ 흉년기에는 땅을 늘리지 마라.

④ 과객을 후하게 대접하라.

⑤ 주변 100리 안에 굶어 죽는 사람이 없게 하라.

⑥ 시집온 며느리는 3년간 무명옷을 입어라.

이 중 무려 4개가 적선에 관련된 내용임을 알 수 있다. 역사상 거의 모든 문학의 주제가 권선징악인 이유를 알 것 같다. 좋은 일을 하면 행복해지고 그렇지 않으면 불행해진다.

운명을 바꾸는 두 번째 방법은 '죽음에 대한 명상'이다. 독일의 철학자 하이데거는 죽음에 대해 깊이 생각하지 않으면 제대로 된 삶을 살 수 없다고 했다. 두려움을 넘어 죽음에 대해 지속적으로 생각할 때 뜻밖의 일이 벌어진다고 한다. 내가 유한한 삶을 살고 있다고 느낄 때, 다시 말해 내일 당장 죽을 수 있는 사람이라고 자각하는 사람일수록 현실에 대한 가치 평가를 냉철하게 내릴 수 있다는 말이다. 정말 그렇다. 가만히 생각해 보면 죽음 앞에서는 돈, 명예, 권력, 가족, 취미 등의 우선순위가 제대로 정해진다. 죽음이란 명제는 인문학에서 가장 중요한 단어인 만큼 사(死) 챕터를 읽으면서 죽음에 대한 많은 고찰을 해 보자.

운명을 바꾸는 마지막 방법은 '하늘의 뜻과 교감하는 것'이라고 한다. 영성(靈性)이 뛰어나 하늘과 교감하는 사람은 사주의 한계를 벗어나고, 운명을 바꾸는 것이다. 영성이 뛰어나다는 것은 '나는 누구인지, 삶이란 무엇이고, 죽음이 어떤 의미인지'를 깊이 생각하며 사는 삶이다. 그런 사람은 나쁜 사주팔자를 가지고 태어나더라도 좋은 운을 가질 수 있다. (死-4) 사주팔자를 곧이곧대로 믿고 운명에 맡기는 삶은 동물의 삶과 다르지 않다. 운명은 정해진 것이 아니다. 우리는 나쁜 운을 좋은 운으로 바꿀 수 있다.

내가 가장 좋아하는 사자성어는 '새옹지마(塞翁之馬)'다. 어릴 적 아빠는 매주 사자성어를 하나씩 설명해 줬는데 '새옹지마'가 가장 인상에 남는다. 새옹지마는 변방 새, 늙은이 옹, 갈지, 말 마 자로 구성된다. 변방 늙은이의 말에 관한 아빠의 스토리텔링은 아주 재미있었다.

중국의 어느 변방에 한 노인이 살았다. 어느 날 기르던 말이 도망을 가 버리자 마을 사람들은 '참 안됐다' 며 노인을 불쌍하게 여겼다. 시간이 흘러 도망간 말이 다른 말을 데리고 돌아왔다. 말 한 마리가 더 생긴 셈이다. 이번에는 이웃 사람들이 매우 부러워했다. 며칠 후 노인의 아들이 새로 온 말을 타다 떨어져 다리를 다치는 사고가 일어나니 주위 사람들은 '참 세상일이 알 수 없다. 그 말이 노인 집에 오지 않았더라면' 하며 불쌍히 여겼다. 1년 후 전쟁이 터졌는데 아들은 다리가 안 좋아 징집을 당하지 않았고, 징집된 다른 장정들은 아무도 돌아오는 이가 없었다. 노인은 그제야 '세상일은 정말 알 수가 없다.'고 탄식했다.

그렇다. 인생만사는 실로 새옹지마다. 그래서 새옹지마는 삶에서 지독한 일이 생겼을 때 희망을 품게 하고, 아주 좋은 일이 생겼을 때 겸허하게 받아들일 수 있게 하는 축복의 만트라(Mantra)*와 같다. 사주팔자에 의존하기보다는 '새옹지마의 정신'을 믿고 살아가는 삶이 훨씬 다이내믹하고 살맛 난다.

---

* 산스크리트어로 몸을 보호하고 정신을 일깨우는 진언, 진리의 말을 뜻한다. 대표적인 것으로 '옴'이 있다.

6.

고향이 어데이껴?

    우리는 고향을 선택할 수 없다. 선택의 여지가 없다. 엄마 자궁에서 빠져나와 잠시 정신을 차리는가 싶으면, 그 장소는 고향이 되어 버리는 것이다. 태어나고 자란 곳, 내 추억의 배경이 되는 곳, 우리 집이 있던 곳, 내가 마신 물이 나는 곳. 나는 대중 강의를 할 때 항상 봉화 출신인 것을 밝힌다. 지금의 나를 만든 건 고향이니까 내 소개에서 빠질 수 없는 것이 바로 고향이라고 생각하기 때문이다.

    경북 봉화군은 1개 읍과 9개 면으로 이루어져 있다. 각 행정 구역의 특징을 주관적으로 적어 보았다.

① 봉화읍 : 매년 7월 말~8월 초 일주일 동안 은어축제를 한다.
10월 초에 하는 송이축제도 유명하다.

② 춘양면 : 봉화군에서 가장 큰 면이다. 할아버지가 젊었을 때는
춘양장이 어마어마하게 컸다고 한다. 아시아에서 가장 큰 수
목원인 국립백두대간수목원이 몇 년 전에 완공되었다.

③ 봉성면 : 어릴 적 읍에서 집에 가려면 일단 봉성을 지나야 한
다. 봉성 다음에는 명호를 지나 재산에 도착한다.

④ 법전면 : 아버지가 가장 좋아하던 면이다. 사람들이 다들 양반
이라고 한다.

⑤ 명호면 : 엄마의 고향이다. 권정생 작가가 쓴 동화《비나리 달
이네 집》의 비나리는 명호에 있다. 외할머니가 태어나시고 시
집오시기 전까지 살았던 마을이다.

⑥ 재산면 : 청량산을 사이에 두고 명호면과 붙어 있다.

⑦ 상운면 : 안동과 붙어 있다.

⑧ 물야면 : 오전 약수터가 유명하고, 근처에 부석사가 있다.

⑨ 석포면 : 강원도 태백과 붙어 있다.

⑩ 소천면 : 영화 〈기적〉(윤아, 박정민 주연)의 실제 모델 양원역
이 있다. 영화 속 주인공 아버지 역을 맡았던 이성민은 실제로
봉화 출생이다. 분천 산타마을도 유명하다.

나는 아빠가 석포면에 면서기로 근무할 때 태어났고, 할머니, 할아버지 그리고 평창 이씨 친척들이 모여 사는 재산면에서 두 살부터 중1까지 자랐다. 그러니 내 고향은 재산면이다. 중1 때 봉화읍으로 이사 나와 고등학교 졸업할 때까지 살았다.

봄에는 고사리를 뜯으러 다녔다. 단언컨대 내가 가장 좋아하는 야외활동이다. 고사리가 많은 산등성이에서 '똑똑' 소리 나게 뜯고 있으면 배고픔도 더위도 다리 아픔도 사라지고 이 세상에 고사리와 나만 존재하곤 했다.

여름에는 고추와 담뱃잎을 땄다. 고랑이 짧은 고추밭은 팍팍 줄어드는 맛에 재미있었다. 고랑 끝이 보이지 않는 밭에서는 사막 한가운데 길 잃은 도마뱀처럼, 고추 딸 생각은 안 하고 하늘이나 엄마나 다른 사람만 쳐다보며 멍하니 앉아 있기도 했다. 나만 지루해했던 건 아니었는지 우리는 가끔씩 내기를 했다. 누가 먼저 고랑을 끝내느냐, 할머니, 아빠, 엄마, 큰언니, 작은언니, 나, 동생 이렇게 내기를 하면 순식간에 일곱 고랑이 줄어들었다.

가을에는 메뚜기를 잡는 게 고사리 뜯는 것만큼 신났다. 벼가 다 베어진 후면 아빠는 우리 4남매를 데리고 메뚜기를 잡으러 다녔다. 완만한 언덕에서 우리 다섯 명이 일렬횡대로 천천히 걸으면 메뚜기들은 이게 웬일인가 싶어 정신을 잃고 팔딱팔딱 뛰었다.

평일 아침에도 학교 가기 전에 아빠를 따라 메뚜기를 잡으러 갔다. 아침 메뚜기는 낮 메뚜기 잡는 것과 정반대다. 내 발자국 소리를 내가 들을 수 없을 정도로 조용히 걸어야 한다. 그리고 팔딱거리는 메뚜기가 아니고 풀 줄기에 붙어 가만히 잠자고 있는 놈들을 잡는다. 최대한 허리를 굽혀 눈을 크게 뜨고 살금살금 다니며 숨은 그림 찾기를 해야 한다. 많은 메뚜기들이 더 작은 메뚜기를 업고 있었다. 그때는 엄마 메뚜기가 자식 메뚜기를 업고 자는 줄 알았다.[*] 어떤 곳은 메뚜기 밀도가 높아 한자리에서 1.5리터 페트병 3분의 1을 채우기도 했다. 그럴 때는 숨쉬는 것도 까먹고 있다가 한참 만에 심호흡을 하기 일쑤였다. 페트병을 다 채울 때쯤 아빠가 큰소리로 "윤정아" 하고 부르면 그때가 거의 마침 메뚜기들이 기상해 실종된 친척이나 친구들을 찾아 헤맬 때다. 엄마는 그 메뚜기로 간장 볶음을 해 줬다.

---

[*] 업은 메뚜기는 암컷, 업힌 메뚜기는 수컷이다. 실제 짝짓기하는 시간은 30분도 되지 않지만 다른 수컷의 접근을 막기 위해 몇 시간씩 붙어 있는 경우가 많다.

　겨울은 엄마가 가장 좋아하는 계절이었다. 마당에 잡초를 뽑을 필요도 없고, 한계골로 새참을 날라 줄 필요도 없이 쉴 수 있어서 좋다고 했다. 지금은 눈이 별로 오지 않지만, 어릴 때 봉화에는 눈이 한정 없이 오곤 했다. 집 주위는 항상 눈으로 하얬다. 눈이 펑펑 온 날 아침에는 싸리 빗자루로 현관에서부터 집 앞길을 터야 했다. 눈이 가장 많이 왔을 때는 내 허리까지 쌓였다. 마당에서 언니들이랑 동생과 눈사람을 많이도 만들었다. 눈싸움을 하다가 진짜 싸움이 벌어지기도 했다.

　가끔 생각해 본다. 만일 내가 봄에 고사리를 뜯지 않고, 여름에 고추와 담배를 따지 않고, 가을에 메뚜기를 잡지 않고, 겨울에 눈을 치우지 않았다면 지금의 내가 되었을까? 지금의 나는 과거의 내 행위들로 집약된다는 생각이다. 봉화는 계절의 옷을 갈아입으면서 나에게 자연과 인간이 일치되었을 때 한없이 행복하고 자유로워질 수 있음을 알려줬다. 봄, 여름, 가을, 겨울 사계절은 봉화라는 밑그림에 나를 그리고, 우리 가족을 그리고, 할머니, 할아버지 그리고 친구들을 그려 주었다.

　가끔 언니들이 엄마에게 부산으로 이사하는 게 어떠냐고 제안하면 나는 반대표를 던진다. 봉화에 엄마가 안 계시면 1년에 몇 번이나 가게 될까. 엄마가 없는 봉화는 그저 애처롭고 적막한 느낌이 난다. 이기적인 반대표지만, 사실 엄마 입장에서 생각해도 부산으로 이사하는 것은 그리 좋은 생각이 아니다.

엄마는 평생 봉화에서 사셨다. 심심하면 동네 친구 집에 가서 놀다 오신다. 아무도 없으면 들어가서 냉장고를 열어 먹고 싶은 걸 꺼내 먹고 올 정도로 가까운 사이다. 지인들은 너도 나도 직접 기른 야채나 과일, 곡물을 가져가라 하거나 손수 가져다준다. 그런 커뮤니티에 익숙한 우리 엄마가 부산 번화가 한복판인 서면의 빌딩 숲속에 있는 닭장 같은 동생 아파트에 갇히는 것을 나는 도저히 상상할 수 없다.

평생 살아온 터전에서 나이가 들어 도시로 간 사람들 중 만족하는 사람은 몇 명이나 될까. 부산의 노인복지제도가 아무리 좋다 하더라도 엄마가 봉화에서 느끼던 사회구성원으로서의 주체성에 비길 수 없을 것이다. 나는 엄마가 태어나면서부터 사셨던 그곳에서 기운이 다할 때까지 건강하게 사셨으면 좋겠다.

태어나 보니 그곳인 곳, 우리 엄마가 있는 곳, 아빠 산소가 있는 곳, 내 어릴 적 추억의 무대가 되어 준 곳, 내 고향은 경북 '봉화'다. 지금의 나는 봉화라는 장소성을 빼고 설명될 수 없다.

7.

bonghwa78

내 이메일 주소는 'bonghwa78'이다. 블로그 주소도 그렇다. 아니 내가 가진 대부분의 아이디는 bonghwa78이다. 많은 사람들이 여러모로 기피하는 아이디다. 개인정보가 빤히 보이는 형식인 것이다. 누가 봐도 태어난 해일 것 같은 78과 봉화가 행정구역인 것만 안다면 고향이나 지금 살고 있는 곳이라 추정할 수 있다.

생전 처음 이메일이라는 것을 접했을 때 '나를 표현하는 무언가'로 아이디를 정해야만 한다고 생각했다. 그렇다면 바로 'bonghwa78'이 아닌가. 추억은 장소와 시간이 지배한다. 1978년생이 봉화에서 보낸 추억의 기록이 나다. 태어나 보니 봉화였고, 때는 1978년이었던 것이다.

국민학교 3학년 때쯤 친구들이 도시에는 공중목욕탕이란 게 있다고 알려주었다. 그곳엔 보일러를 틀지 않아도 따뜻한 물이 콸콸 쏟아져 나오고 뜨거운 물이 가득 찬 수영장 같은 탕이 있다고 했다. 그리고 사람들이 옷을 홀딱 벗고 들어간단다. 다행히 남자와 여자는 따로따로 목욕을 한다고 했다. 1년 뒤 엄마와 나는 1시간 정도 걸리는 버스(그때는 비포장 도로였다.)를 타고 봉화읍에 있는 공중목욕탕이란 곳에 처음 가 봤다. 한번 가 보니 말로만 들어 개념이 안 잡히던 것이 정확하게 이해가 됐다.

우리 4남매에게는 겨울에 목욕하는 것이 귀 파는 것보다 더 두렵고 고달픈 행사였다. 엄마가 랜덤으로 정하는 목욕날이 되면 우리는 서로에게 '니가 먼저 해라'면서 다른 사람 팔을 툭툭 쳐댔다. 그러다가 엄마가 아무나 한 명의 팔을 잡아끌고 좁고 어두컴컴한 목욕탕 안으로 들어가면 어김없이 우는 소리가 들렸다. 목욕탕 안에 있는 주황색과 고동색 중간 색깔의 고무 대야 안에는 전에 씻었던 언니나 동생의 때가 둥둥 떠 있었지만 너무 추워서 그 땟국물 안에서 나오고 싶지가 않았다. 엄마가 불지도 않은 내 팔을 이태리타월로 밀 때면 나는 "아, 아파! 아프다고!" 소리치고 있는 대로 인상을 쓰며 팔을 잡아 뺐다. 그러면 엄마는 두세 명 전신 때밀이를 끝낸 후의 힘 빠진 팔로 안 간힘을 쓰다가 때 타월을 낀 오른손을 만세하듯 들어 올린 후 내 등짝을 내리치곤 했다.

어릴 적 기억들이 켜켜이 쌓여 현재를 만들고 있다. 나는 겨울 욕실을 최대한 따뜻하게 하려고 온열 램프를 설치했다. 욕실 바닥도 난방이 되는 집에 사는 것이 나의 로망이 되었다.

유치원 때 집에는 검은색 수동 전화기가 문갑 위에 놓여 있었다. 수화기를 들고 전화기 옆구리에 달린 손잡이를 빠르게 다섯 번 정도 돌리면 교환수가 나왔다. "41번요."라고 말하면 교환수 아줌마가 할머니 집 전화기로 연결해 줬다. 그걸 배우기 전에는 엄마가 없을 때면 교환수에게 전화해 "우리 엄마 어디 갔어요?"라고 묻곤 했다. 우체국에 근무하던 엄마와 잘 알던 동생뻘이 되던 그 이모는 "응, 엄마 조금 있으면 온다, 조금만 기다려래이."라고 말해 주곤 했다.

어릴 때 사람들은 오후 여섯 시만 되면 길거리에 울려 퍼지는 애국가에 맞춰 얼음땡이 되었다.* 애국가가 울리는 동안에

---

* 1971년 3월부터 1989년 1월까지 오후 6시(동절기에는 5시)가 되면 국기하강식을 위해 모든 사람들이 멈춰서서 국기에 대한 경례를 해야 했다.

는 태극기를 향해 멈춰 서서 오른손을 가슴에 올리고 있어야 했다. 지금 생각하면 진풍경이 아닐 수 없다.

어느 운동회 때 하늘에서 지독하게 냄새를 풍기는 끈적한 덩어리가 팔에 떨어진 적이 있었다. 나는 이상한 계시를 받은 게 아닐까 운동회가 끝날 때까지 정신이 팔려 있었다. 아무에게도 묻지 않고, 그날 밤 스스로 수수께끼를 풀었다. 새도 똥을 싼다는 사실이 놀라웠고, 새똥 냄새에 비하면 마구간을 점령한 소똥 냄새는 고상하다는 것을 알았다.

갈산(재산면 갈산리)까지 소풍을 갔다가 각자 집으로 돌아가는 길가에 끊임없이 피어 있던 분홍, 진분홍, 하얀 코스모스, 상리에 사는 친구 집에 가서 본 고추장과 열무김치만 올려진 밥상, 현자네 집 가는 길 정중앙에서 비키지 않고 똬리를 틀고 앉아 있던 뱀, 물속에 잠긴 바위 표면을 긁으면 한 주먹씩 잡히던 골뱅이, 할머니댁 군불 떼던 사랑방에서 퀴퀴하게 익어 가던 메주, 고모 주머니에서 나온 1000원으로 방바닥에 한가득 깔리던 과자, 엄마의 분홍색 정사각형 반짇고리, 가족들이 다 같이 영주에 가서 고른 상일 가구 장롱, 문갑, 식탁 세트는 맥락 없이 현재로 소환되곤 한다.

땀을 뻘뻘 흘리며 서너 시간씩 같이 고무줄을 했던 은실이와 무동이, 3학년부터 5학년까지 우리 학교로 전근 온 교무 선생님의 딸이었던 금희, 도시에서 전학 왔다가 전학 가버린 차도남 관호, 콧물 닦는 손수건을 왼쪽 가슴에 매달고 어깨동무하고 찍은 사진 속 혜경이는 현재의 인간관계 속에서 무의식중에 문득 생각이 나곤 한다.

어릴 적 시골에서의 추억을 많이 기억하고 있어서 그런지 나는 유행을 타지 않는 것 같다. 옷이든, 인테리어든, 음식이든 뭐가 유행인지 모르고 산다. 나는 그것을 나름 자랑으로 여긴다.

불문학자이자 평론가인 황현산 선생님은《밤이 선생이다》라는 책에서 이렇게 말했다.

"마음속에 쌓인 기억이 없고 사물들 속에도 쌓아 둔 시간이 없으니, 우리는 날마다 세상을 처음 사는 사람들처럼 살아간다. 오직 앞이 있을 뿐 뒤가 없다. 인간은 재물만 저축하는 것이 아니라 시간도 저축한다. 그날의 기억밖에 없는 삶은 그날 벌어 그날 먹는 삶보다 더 슬프다." 그 슬픔이 유행을 부르는 것이라고 한다. 그래서 한국이 유행에 민감한 나라라는 것은 좋은 뜻이 아니다. 모든 것이 빨리 낡아 버리는 나라라는 뜻이 되는 것이다. 내가 유행을 따르지 않는 것은 수시로 꺼내 볼 수 있는 그날(78년생이 지나온 시간), 그곳(봉화)의 기억 때문이다.

류시화 시인은 《좋은지 나쁜지 누가 알겠는가》에서 경험을 통해 스스로 가짜와 진짜를 알아보는 눈을 갖는 일은 어떤 조언보다 값지다고 말했다. 직접 겪은 경험을 통해 자신의 판단력을 갖게 된 사람은 남을 의심하거나 절망하느라 삶을 낭비하지 않고, 다만 자신의 길을 갈 뿐이라고 한다.

나는 아직도 뭐든 경험하는 걸 좋아한다. 70세가 되어 보면 45세가 너무나 젊고 꽃 같았다고 느낄 것 같다. 미루지 말고 여행을 하고, 하고 싶었던 걸 하고, 만나고 싶었던 사람을 만나야 한다. 70세가 되면 추억이 될 것들을 많이 경험해야겠다. 미래의 신디가 여전히 유행을 타지 않는 사람이길.

8.

천상천하 네가특존

남동생의 생일은 5월 12일, 내 생일은 5월 14일(음력 4월 8일, 석가탄신일)이다. 어렸을 때 우리는 5월 13일에 합동으로 생일을 기념했다. 미역국에 고봉밥을 떠먹는 게 생일 파티였다. 고등학교 졸업할 때까지 생일 케이크는 한 번도 먹어 본 적이 없다. 동생은 자기 덕분에 내가 태어날 수 있었다고 주장하고, 나는 내가 남자였다면 너야말로 이 세상에 존재할 수가 없었다고 반론한다.

엄마는 나를 임신한 기간에 꾼 꿈들을 근거로 남자아이를 기대했다. 셋째 딸이 아니라 외동아들을 꿈꿨던 것이다. 꿈속에서 다른 사람들은 골뱅이를 못 잡고 있는데 당신만 매우 굵은 것들로 손바닥 한가득 건져 올렸다. 어느 날은 어마어마하게 큰 잉어들을 잡아 올리기 바빴다. 어느 꿈에서는 밤길을 걷고 있는데 하늘에서 큰 빛이 쫓아오더란다. 꿈속에서도 이건 정말 예사로운 일이 아니라고 생각했다고 한다. 이쯤 되면 일부러 태몽을 지어낸 김미경 강사의 엄마가 떠오른다. 실제로는 밭에서 옥수수 따는 꿈을 꿨지만 딸이 남다른 자신감을 갖기 원했던 김미경 강사의 엄마는 백마를 탄 기사를 수천 명의 사람들이 쫓아가는데 자신이 그 백마의 꼬리를 잡는 꿈을 꿨다고 거짓말을 했던 것이다.

실제로 우리 엄마가 전하는 나의 태몽 이야기도 5년마다 바뀌거나 그렇게 생생하게 전하던 내용을 이제는 기억이 안 난다고 해 나를 황당하게 만들었다. 하지만 우리 엄마가 김미경 강사의 엄마처럼 좋은 의도를 가지고 태몽을 계획적으로 꾸민 게 아니더라도 나는 내가 특별한 존재로 느껴졌다. 이 세상에서 충분히 빛나는 존재, 세상에 도움이 되는 사람, 세상에 뭔가를 전하러 온 메신저, '그래, 나는 충분히 멋진 강사가 될 거야.'라고 생각할 수 있게 만들어 줬다. 우리는 모두 특별한 존재이기를 바란다. 특별한 태몽이 없는 예비 엄마들이라면 김미경 강사의 엄마처럼 멋진 창작을 시도해 보길 바란다.

내가 특별한 존재란 걸 느낄 수 있게 만드는 요소는 중요하다. 그중 하나가 나에게는 출생일이다. 엄마가 제왕절개 수술을 한 게 아니기 때문에 나 스스로 날짜를 골라 엄마 자궁을 빠져나온 날이다. 나는 태아 때 부처님의 생신을 내 생일로 만들기로 작정했다. '아들딸 구별 말고 둘만 낳아 잘 기르자'는 구호로 가족계획사업을 하던 1978년에 셋째 딸로 태어나 최대한 괄시를 덜 받을 날일 것 같았다. 뭔가 있어 보이는 날인 거다.

그리고 금방 태어난 아이처럼 보이지 않으려고 애썼다. 불그스름한 얼굴에 주름투성이로 나오지 않고 최대한 단장을 했다. 고추가 안 달린 몸뚱이를 보고 실망한 엄마도 당신의 표현에 의하면 '얼굴이 새하얀 게 얼마나 이쁜지' 모르게 태어난 거다. 나를 받아 준 할머니는 '금방 난 아 아이다. 닳아도 닳아도 어예 이래 닳았노. 부처 새끼가 따로 없다'고 했단다. 경상도 할머니의 거친 표현이지만 그 의미를 충분히 알 것 같다. 몇십 년이 지나도 엄마는 그렇게 경황없던 때의 할머니 코멘트를 정확히 구현해 내고 있었다. 외람된 말이지만 성인이 되어서도 엄마는 관세음보살상을 보면 '니 태어날 때랑 똑같이 생겼다'고 말한다.

면사무소에서 숙직을 하고 있던 아빠가 또 딸을 낳았다는 소식을 전해 듣고는 잠깐 얼굴을 비치긴 했다. 인상을 무지막지하게 쓰고 있던 아빠가 나를 보더니 실소했다. 금방 태어난 아이가 너무 반들반들해서 말이다. 앞의 두 딸과는 달라도 한참 달랐던 것이다. 그렇게 나는 부모님의 사랑을 갈구했던 게 아닐까. 인간의 본성 중에서 가장 애절한 것이 인정받고 싶은 마음일 테니까 말이다. 석가탄신일에 관세음보살 같은 얼굴로 태어난 셋째 딸은 그래도 자신이 사랑받을 만한 존재라고 착각하면서 잘 살아갈 수 있는 것이다.

그런데 가만 생각해 보면 나는 엄마의 관심을 누구보다 더 받고 있었던 것 같다. 네 살, 세 살 연년생 딸을 키우면서도 엄마는 나를 꽃단장시켜 백일 사진과 돌 사진을 찍었다. 백일 사진과 돌 사진을 두 개 다 가지고 있는 사람은 우리 4남매 중 내가 유일하다. 나머지 세 명은 둘 중 하나가 없다.

몇 달 전에는 놀라운 사실을 전해 들었다. 내가 돌잔치에서 아빠가 깔아 놓은 잡동사니들 속을 엉금엉금 기어가 펜을 잡았다는 사실이다. 바로 앞에 놓여 있던 떡이나 돈, 이상한 기계들을 거들떠보지 않았다고 한다. 엄마가 이 중요한 사실을 왜 이제야 알려 준 걸까. 책을 쓰려고 10년 넘게 각종 책 쓰기 수업에 몇백만 원을 쏟아 부었는데 말이다. 소설을 쓰기 위해 꽤 많은 소설가들의 수업을 찾아 듣기도 했다. 엄마는 진작에 말해 준 줄 알았다고 하는데 나는 금시초문이다. 그 말을 전해 듣고 나서부터 나는 글을 쓸 때마다 성스러운 기운을 느낀다. 돌 때 점지된 나의 운명을 이제 펼쳐 보일 때라고 생각하는 것이다.

맹자는 '적당한 양분을 얻으면 어떤 생물이라도 성장하지 않는 것이 없다. 인간의 본성인 선도 가꾸고 기르면 크게 잘 자라는 것'이라고 했다. 적당한 양분이란 것은 엄마가 말해 주는(경우에 따라 지어 주는) 태몽, 태어났을 때나 어렸을 때 나의 특이점, 엄마가 나에게 보인 특별한 정성, 돌잡이 같은 스토리텔링이 아닐까 생각한다.

천상천하, 당신은 특별한 존재다.

9.

내가
신이로소이다

"만약 당신이 내가 믿는 것처럼 신은 사랑이지 하늘 위에서 무고한 사람들에게 번개를 던지는 노인네가 아니라고 믿는다면, 그리고 그 사랑이 우주를 창조했다는 것을 믿는다면 당신은 하나의 창조물이며 사랑받고 있다고 생각해도 된다. 신이 당신을 사랑하므로, 당신은 사랑할 수 있는 존재다. 하지만 대부분의 사람들은 자신을 그런 식으로 보지 않는다. 너무나 많은 경우, 우리는 신을 이러한 존재로 보도록 배우지 않기 때문이다."

- 케리 이건,

《살아요 단 하루도 쉽지 않았지만》, 부키, 209쪽

하루는 유튜브에서 미국의 스탠드업 코미디의 대부, 조지 칼린의 기독교 풍자 쇼[*]를 봤는데 벌어진 입을 다물 수가 없었다. 어쩜 이리도 통쾌하고 적확하게 기독교에 대한 풍자를 할 수 있는지.

조지 칼린은 구라와 과장의 종목에서 비즈니스맨은 성직자에 비하면 비교조차 안 된다며 영상을 시작한다. 이 세상의 구라 중 가장 큰 구라는 기독교라고 말한다. 기독교가 저 하늘 위에 어떤 한 투명인간이 우리의 일거수일투족을 다 지켜보고 있다고 믿게 만들었기 때문에 그렇다는 것이다. 그리고 이 투명인간은 우리가 하면 안 되는 것을 적은 열 가지 항목도 가지고 있다. 불이 활활 타고, 고통과 고문이 끝나지 않는 곳을 만들어 놓고 우리가 이 열 가지를 지키지 않으면 바로 거기로 직행시킨다. 그곳에서 영원히 고통받으며 울게 될 거라고 협박한다.

하지만 그는 우리를 사랑한단다! 또한 그는 돈이 필요하다. (우리가 버는 돈의 10%는 그에게 줘야 하는 거라며 사람들을 세뇌시킨다.) 전지전능하고 완전한 존재지만 어찌 된 일인지 돈은 필요하다는 거다. 조지 칼린의 지론은 인도의 구루, 오

---

* https://youtu.be/dcbMVe9yZ4g

쇼 라즈니쉬의 생각과 일치한다. 오쇼는 이렇게 말했다. "성직자와 정치가들은 사람들이 흘린 피로 살아간다. 착취하지 않고는 생존할 수 없다."

만약 여러분이 기독교 모태신앙을 가지고 있다면 조지 칼린의 풍자와 오쇼의 코멘트에 대해 반박할 말이 많을 것이다. 엄마 배 속에서부터 믿고 있는 종교를 바꾸기는 상당히 어려울 것이다. 하지만 우주 만물의 창조주라고 하는 신을 무엇으로, 어떻게 증명할 것인가?

미국의 체험형 글쓰기의 대가 바버라 에런라이크는 《지지 않기 위해 쓴다》라는 책에서 이렇게 이야기한다. "우리는 왜 우주 전체를 관장하는 존재가 어느 행성에 있는 특정 영장류가 지닌 매우 협소한 가치관을 가졌으리라 기대하는 걸까?" 이 말은 신이 우주를 만들었다면 그 광대한 우주에서도 왜 하필 우리 은하, 그중에서도 태양계의 아주 작은 축에 들어가는 지구에 사는 생명체 가운데 오로지 '인간'이라는 종에 초점이 맞춰지냐는 비판이다. 미국의 철학자이자 심리학자인 윌리엄 제임스는 "신이 존재한다고 믿는 것이 내 삶에 유용하다면 신은 존재하는 것이고, 신이 존재하지 않는다고 믿는 것이 내 생활에 유용하다면 신은 존재하지 않는다."[*]고 말했다.

종교란 말 그대로 宗(으뜸 종) 자와 敎(가르칠 교) 자의 결합이다. 종교는 으뜸이 되는 가르침이다. 누구나 으뜸이 되는 가르침이 다를 수 있다. 그것을 인정하지 못하고 자신의 종교만이 옳고 다른 종교는 잘못된 가르침이라고 간주하는 것은 성숙한 행동이 아니다. 내 생각만이 옳다고 생각하는 것이 위험한 만큼 우리의 종교만이 옳다고 생각하는 것 또한 위험하다. 아니, 훨씬 더 위험하다. 천주교가 조선에 발을 붙이면서 얼마나 많은 학자들이 죽임을 당했는지 생각해 보라. 600만 유대교인들을 학살한 홀로코스트는 또 어떠한가.

나는 우리 내면에 신이 존재한다고 생각한다. 우리에겐 신성(神性)이 있다. 개성이 있고, 천성이 있고, 이성이 있고, 감성을 느끼고, 모성, 부성이 있는 것처럼 신성이 있다. 우리 안의 신성을 알아차리기 위해 공부하는 것이 마음공부이고, 마음공부는 곧 인문학이라고 생각한다. 예수님은 우리를 보고 당신의 형제자매라고 하지 않았는가. 그렇다면 우리 안에 예수님과 같은 피, 그러니까 하나님 자녀로서의 피를 가지고 있다는 뜻이다.

[*]   최준식, 《너무 늦기 전에 들어야 할 죽음학 강의》, 김영사, 2020.

부처님은 깨달으면서 '나는 부처임을 알고 너희는 모를 뿐이다'라고 했다. 우리가 이미 부처이니 우리가 부처라는 사실을 알아차리는 게임이 깨달음의 세계인 것이다. 우리 안에 불성(佛性)이 있는 것이다. 불교에서 우리 모두가 부처가 될 수 있다고 말하는 것처럼 도교에서는 우리 모두가 도인이 될 수 있다고 한다. 유교에서는 우리 모두가 성인이 될 수 있다고 한다. 그렇게 보면 대다수의 종교가 일맥상통한다. 자신의 마음을 들여다보고 수행하고 기도하고 뉘우치고 알아차리면 내가 곧 부처이고, 도인이고, 성인이고, 예수님의 형제자매임을 뼛속 깊이 알게 되는 것. 그것이 종교다.

으뜸 되는 이 가르침은 우리를 영원히 행복하고 자유롭게 만들 것이다. 이것은 현대 물리학에서도 똑같이 연결이 된다.(死-4) 신은 우리 각자의 마음속에 있다. 프랑스 소설가, 베르나르 베르베르는 그것이 우리 머릿속, 변연계 밑의 뇌들보 속일 거라고 그의 소설 《뇌》에서 말한다. 어쩌면 소크라테스의 '너 자신을 알라'라는 주장은 네가 가지고 있는 신성을 알아차리라는 말이 아니겠는가. 이런 점에서 종교의 진정한 의미는 우리 마음을 통해 내 속의 신을 만난다는 뜻이다. 인간은 그렇게 신이

되어야만 한다. 신성을 알아차린 자만이 타인을 진정으로 사랑
하고 배려할 수 있을 것이다.

10.

집 우(宇) + 집 주(宙)
= 우주

여러분은 의식주(衣食住) 그러니까 옷, 음식, 집 중에서 무엇을 가장 중요하게 생각하는가? 나는 단연 주(住)를 최우선으로 여긴다. 자고, 먹고, 쉬고, 옷을 갈아입는 공간인 집은 우주만큼 소중하다.

우리 집은 재산면에서 처음 지어진 양옥이었다. 나는 이 양옥집에서 유치원부터 중학교 1학년까지 살았다. 옆으로 비슷하게 생긴 집 세 채가 더 있었다. 양옥 네 채가 언덕배기에서 일렬로 신작로를 내려다보고 있었다. 네 채를 바라보고 섰을 때 왼쪽에서 첫 번째 집이 우리 집이었다.

현관문을 열고 들어가면 거실을 중심으로 안방, 작은 방 2개,

주방이 있었다. 주방에서 안쪽으로 더 들어가면 작은 복도가
나온다. 오른쪽에 큰 부엌으로 나가는 문이 있고, 왼쪽에는 지
하실 내려가는 문, 네 발자국 더 들어가면 목욕탕, 복도 끝에는
창고가 있었다. 안방에서 계단 다섯 칸만 올라가면 다락방이
있었는데 바로 아래가 이 창고다.

다락방에 있는 작은 창문으로 텃밭 옆에 있는 화장실을 볼
수 있었다. 지금 생각하면 양옥집 바깥에 화장실이 있는 것이
의아한 일이지만, 당시에는 화장실이 집 안에 있는 것을 상상
하지 못했다. 목욕탕이 안에 있는 것만으로도 나는 친구들의
부러움을 샀다. 밤중에 오줌은 요강에 눴다. 큰 볼일을 보러 가
야 할 때면 우리 4남매는 세 명 중 한 명을 붙들고 애원을 해야
했다.

"화장실 좀 따라가 줘."

"아, 싫어."

단박에 따라오는 사람이 없었기에 발을 동동 구르며 똥이 금
방 나올 것 같은 인상을 있는 대로 써야 했다. 화장실만 다녀오
면 무슨 부탁을 해도 들어줄 것처럼 매달렸다. 대안은 다락방
에서 지켜보는 것이었다. 다락방으로 올라가는 것을 보고 난

후에야 현관문을 열고 밖으로 나간다. 마당을 가로지른 후 텃밭을 지나 화장실 안으로 들어가기 전에 다락방 창문을 확인한다. 빼꼼 얼굴을 내밀고 있는 언니나 남동생을 보고 난 후 화장실에 들어가서 문을 반쯤 열어 둔다.

"있나?"

"어!"

중학생이 된 후 우리 집은 아주 특별해졌다. 중학교는 대부분의 아이들이 신작로를 따라 걸어야만 하는 위치에 있었다. 그 신작로를 지날 때 언덕배기에 줄지어 선 양옥 네 채를 보지 않을 길이 없었다.

학교를 마치면 신작로를 따라오다가 나 혼자만 방향을 틀었다. 삼삼오오 신작로를 따라 집으로 돌아가던 아이들은 내가 언덕길을 따라 양옥집 네 채 근처로 범접하는 것을 숨죽이고 바라보곤 했다. 집 덕분에 14살, 중1 소녀는 아이들의 부러운 시선을 즐기고 있었다. 뒤에서 따라오던 아이들의 소곤거리던 대화가 확성기에 대고 말하는 것처럼 잘 들렸다.

"쟤, 첫 번째 집에 살잖아."

"아니야, 마지막 집에 살아. 저번에 들어가는 거 봤어."

"아니거든, 내가 알거든."

그런 말을 들을 때는 일부러 우리 집을 지나쳐서 네 번째 양옥집, 웅이네 집에 들어갔다. 웅이는 나보다 세 살이 어린데, 내가 6학년 때 다른 도시에서 이사를 왔다. 웅이 엄마와 우리 엄마가 이웃 단짝이 되고, 딸이 없던 웅이 엄마에게 딸 셋이나 되는 우리 엄마가 나를 양딸로 삼으라며 자주 웅이네 집에서 지내게 했던 것이다. 나는 신작로를 따라 걷던 아이들이 나만 쳐다보고 있는 걸 모르는 척하려고 산 쪽으로 고개를 돌리고 걸었다. 둘째 집, 셋째 집을 지나고 보란 듯이 넷째 집으로 들어갔다. 내 집 인양 아무 주저 없이 현관문을 열어젖히는 모습을 보여 줬다.

중학교 1학년 1학기를 마치고 우리는 읍내로 이사를 했다. 생전 처음 아파트라는 곳에 살게 되었다. 목욕탕 안에 변기가 있어서 한밤중에 큰 볼일을 보기 위해 누군가를 깨울 필요가 없어졌다. 목욕탕 안에는 변기 외에도 세탁기가 놓였다. 큰 부엌에서 고무 대야에 빨래를 서너 번 헹굴 필요도, 엄마가 나를 불러 빨래를 짤 필요(제대로 짜지 않으면 겨울에는 고드름이 열린다.)가 없어진 엄마는 수시로 혼잣말을 했다. '내가 등신이

지, 그때 왜 이 편한 걸 안 샀노.'

고등학교를 졸업하고 부산에 있는 대학에 진학했다. 언니 둘이 이미 부산에서 직장을 다니고 있었기 때문에 나는 당연하게 부산으로 왔다. 우리 셋은 범어사 근처에 있는 다세대 주택에 살았다. 주인집 거실과 통하는 문은 나무 문을 덧대어 분리되어 있었지만 방음이 되지 않았다. 주인집에서 부부싸움을 하든, 자녀 교육을 시키든 세세한 것을 우리는 다 알고 있었다.

우리가 살던 집은 단칸방이라고 하기에는 확실치 않고, 투룸이라고 하기에는 어설픈 구석이 있었다. 방 중간에 미닫이문이 오직 방 두 개를 만들기 위한 목적으로 가로놓여 있었던 것이다. 철로 된 현관문을 열면 옆집 담장과 우리 건물 사이의 폭 1미터 공간에 유리문이 설치되어 있다. 그게 집으로 들어가는 현관문이자 욕실문이었다. 샤워할 때는 비닐 지붕 사이로 보이는 옆집 이층 베란다에서 누가 지나다니지 않는지 신경 써야 했다. 인기척이라도 나면 비닐 지붕 안쪽으로 몸을 숨겼다. 1년 뒤 우리는 큰언니가 온천장에 있는 작은 무역회사에서 번 돈으로 부산교대 근처 신축 빌라에 전세로 들어갔다.

나는 내 유년 시절을 감쌌던 특별한 양옥집과 중, 고등학교 때 생활하기 편리했던 아파트를 기억한다. 그리고 고등학교 4학년처럼 어리숙했던 대학 신입생 때의 다세대 주택도 생생하게 떠오른다.

이 세 가지 주거형태, 즉 양옥, 아파트, 다세대 주택에서의 생활이 내 무의식에는 어떤 영향을 미쳤을까. 군이 의식적으로 표현을 해 보자면 시골에서의 양옥집은 나를 특별하게 느끼도록 했다. 읍내에서의 아파트는 다들 이렇게 살아가고 있다는 느낌을 줬다. 부산 교외의 다세대 주택은 나보다 더 힘겹게 사는 사람이 아주 많다는 것을 알려 줬다.

완전한 어른이 되기 전 머물렀던 집들은 내 무의식을 상당 부분 구성하고 있을 것이다. 이후에 살았던 집들, 그리고 지금 살고 있는 집 역시 너무나 중요하다. 이 별에서 저 별로 여행하는 데 우주선과도 같은 게 집이다.

로(老)

이별 여행

1.

돈을 모르면 돈다

2021년 최고의 흥행작 〈오징어 게임〉에서 가장 인상에 남는 대사가 있다. 왜 그런 짓을 한 거냐고 성기훈(이정재)이 묻자 오일남(오영수)은 이렇게 답한다.

"자네, 돈이 하나도 없는 사람과 돈이 너무 많은 사람의 공통점이 뭔 줄 아나? 사는 게 재미가 없다는 거야. 돈이 너무 많으면 아무리 뭘 사고, 먹고, 마셔도 결국 다 시시해져 버려." 오일남의 말처럼 돈이 너무 많은 사람들에겐 매일 백화점에서 명품 쇼핑을 하고, 비싼 음식을 먹고 마셔도 채워지지 않는 공허가 있는 것 같다.

내가 아는 사람 중에 가장 부자라고 할 수 있는 사람은 부산

도심에 있는 16층 건물주다. 그녀는 포르쉐 마칸을 끌고 다닌다. 전업주부지만 큰 절의 행사를 도맡아서 조경사업을 하는 남편보다 더 바쁘게 산다.

겉으로 보면 누구나 부러워할 삶이지만 속내는 그렇지가 않다. 오일남이 말한 것처럼 아무리 쇼핑을 하고, 하루 라운딩이 100만 원을 넘는 골프를 쳐도, 또 아무리 좋은 음식을 먹어도 즐겁지가 않단다. 잠을 푹 자지 못하고, 우울증 약을 먹고 있다고 한다. 그녀가 절의 대소사에 몰두하는 이유는 뭘 해도 채워지지 않는 허한 가슴 때문에 맹목적으로 따를 누군가(주지 스님)가 필요해서, 그리고 자신을 따르는 사람(일반 신도들)이 필요해서가 아닐까 생각해 본다.

오일남의 말은 돈이 적당히 있는 사람이 사는 게 재미있다는 뜻이다. 일주일에 한두 번 1인당 만 원짜리 외식 정도는 쉽게 할 수 있고, 한 달에 한두 번 정도 먹태 안주에 맥주를 마시고, 주말에는 커피뿐만 아니라 조각 케이크도 사 먹을 수 있는 정도, 나에게는 이 정도가 적당해 보인다. 내 기준에서 스타벅스에서 가격표를 보지 않고 음료나 케이크를 자유롭게 주문하는 사람, 할인 없이도 5성급 호텔에서 묵을 수 있는 사람, 가지고 있는 물건이 대부분 수백, 수천만 원대 명품인 사람은 돈이 너무 많은 사람이다.

나라는 존재를 돈이 들어오는 용기(用器)라고 봤을 때 너무 무거운 돈이 실리면 깨지기 마련이다. 내가 담을 수 있는 만큼만 가져야 한다. 내가 통제 가능한 만큼의 돈 말이다. 복권 당첨이 된 후 인생을 망치거나 탕진한 이야기는 유튜브에 널려 있다. 다들 로또 1등에 당첨이 되면 아무에게도 말하지 않고, 알차게 돈을 쓸 수 있을 거라 장담한다. 친구들 만나 밥 사 주고, 여행하고 싶을 때마다 마음껏 여행을 다니며 살 수 있을 거라고 말이다. 하지만 실제로 당첨자들은 절대 그렇게 할 수가 없다고 한다. 헤어날 수 없는 회오리바람에 빠진 듯 돈이 나간다고 한다.

나도 그런 때가 있었다. 내가 담을 수 있는 그릇보다 더 많은 돈이 들어온다고 느낄 때가 말이다. 노르웨이 선사에서 일할 때 시급은 45,350원이었다. 주말이나 근무 시간 외 일해서 1.5 배로 오버 타임비를 받으면 68,025원이다. 중국에서 반년, 노르웨이에서 8개월 근무할 때는 해외수당까지 합해 월급은 매달 1천만 원이 넘었다. 그즈음 동생은 안산에서 고기 뷔페식당을 차렸다가 크게 손해를 봤다. 물론 내 돈이었고, 이후에도 많은 돈이 동생에게 들어갔다. 지금 생각해 보면 동생이 있어서 내가 돈의 위력에 다치지 않았던 게 아닐까 위안이 된다.

지금은 프리랜서라 고정적인 수입은 없지만 평균을 내자면 보통 내가 쓰는 돈만큼이 들어온다. 코로나라 강의가 거의 없지만 신기하게도 지원금이 들어오고, 엄마가 시골집 보상을 받아 조금 보내 주고, 온라인 영어 강의나 상담을 해서 불안하지 않을 만큼 생활비가 맞춰진다. 많이 벌 때는 많이 쓰고, 적게 벌면 적게 쓰게 된다. 내 그릇만큼 채워 주려고 돈도 나름 노력을 하고 있는 것 같다.

돈은 강력한 에너지체다. 그래서 우리가 자신을 좋아하는지, 미워하는지, 부담스러워하는지, 고마워하는지 다 안다. 당연히 자신을 좋아하고, 감사해하는 사람에게 많이 붙을 것이다. 돈을 지불할 때, 지폐를 건넬 때, 카드로 결재할 때 속으로 '고맙다, 돈아. 이걸 살 수 있게 해줘서, 이걸 먹을 수 있게 해 줘서. 다음에 또 만나자' 하고 진심을 다해 말해 보라. 진심을 알아차린 돈이 몇십 배가 되어 다시 나를 찾아올 것이다. 단, 그 물건을 파는 사람이나 장소에게도 비슷한 마음을 가져야 한다.

'이 식당 아니었으면 다른 곳을 찾아 또 돌아다닐 뻔했네. 이 곳을 찾아서 다행이야. 이분이 여기서 장사를 해 줘서 참 다행 이야.'

'당근이 필요했는데 이렇게 바구니에 흙 묻는 신선한 당근을 팔아 주서서 감사하네. 마트 갈 시간도 아끼고, 건강한 야채를 공급해 주서서.'

'이런 옷이 필요했는데 딱 내가 원하는 옷을 팔아 주서서 고 맙네. 마음에 쏙 들어.'

그런데 다음과 같이 반대로 생각하는 사람들이 있다.

'내가 팔아 주는데 더 깍듯이 대해야 하는 거 아닌가. 여기 아 니면 먹을 곳이 없나!'

'내가 옆 노점상이 아니라 하필 여기서 팔아 주는데 작은 당 근이라도 하나 끼워 줄 수 있는 거 아닌가? 바구니에 있는 것만 봉지에 담네?'

'여기서 옷 샀는데, 다른 것 좀 실컷 입어 보면 어때!'

고마워하지 않고, 고마움을 받으려는 자세를 취한다면 내가 지불했던 돈이 나에게 복수를 할지도 모른다. 왜냐하면 돈의 주인은 이미 그 업주가 되었고, 돈의 입장에서는 자신의 주인을 바르게 대하지 않는 당신을 해칠 이유가 있을 수 있다. 이처럼 돈은 아주 센 에너지인 것이다. 항상 돈에 관해서는 겸손해야 만 하는 이유다. 내가 내 그릇만큼 돈을 가지려는 마음을 유지 할 때 사는 게 재미있다. '오징어 게임'에 참가할 필요가 없다.

2.

무대의
스포트라이트를 켜라

　당신이 정말 좋아하는 일, 재미있어 하는 일, 신나게 하는 일은 무엇인가? 지금 그 일을 하고 있는가? 그 일이 돈을 벌어 주는가? 나이 쉰에 그런 일이 벌어지더라도 그것은 기적 같은 일이다. 100세 시대에 나머지 반평생 동안 그 일을 하면서 살 수 있으니 말이다.

　작은언니의 어릴 적 별명은 '무대'였다. 경북 북부 아니면 우리 군이나 면에서만 쓰는 사투리일 것 같다. 부모님과 외삼촌은 작은언니를 '아이고, 무대야'라고 부르곤 했다. 아무도 무대라는 뜻을 설명해 주지 않았지만 나는 언니가 하는 행동이 어른들이 말하는 '무대 짓'이라는 걸 알았다. 총명하지 못하고, 어리바리하면서, 이해력이 떨어진 행동을 하는 것. 아마 그쯤 될 것이다.

아빠가 우리를 강제 동원해 데리고 간 물고기 잡기, 고추 따기, 골뱅이 잡기에서 언니는 엄살을 부리다가 자주 다치곤 했다. 아빠는 언니보고 '무대가 별 수 없다'고 혀를 찼다. 언니가 일곱 살쯤엔 빨래 비누를 간장독에 빠뜨리는 불상사를 냈다. 작은언니는 죽을힘을 다해 도망을 쳤고 엄마는 '그 지지바가 그렇게 빠르게 뛸 수도 있다'며 혀를 내둘렀다. 언니는 죽지 않기 위해 뛰었다고 그날을 회상한다.

언니는 결혼하고 나서도 항상 자신이 뭘 하고 싶은지 모르겠다고 한탄했다. 진짜 자기가 좋아하는 일을 하고 싶은데 그게 도대체 뭔지 모르는 것이다. 태권도, 캘리그라피, 필라테스, 플라잉 요가, 폴댄스, 라인 댄스, 민요, 장구 등을 시도해 봤다.

언니는 영어를 잘하는 것이 항상 꿈이었다. 5년 전에 나는 언니에게 영어 가르치는 것을 포기했다. 내가 설명하는 문법이나 발음, 회화를 이해하지 못하고, 자꾸 똑같은 질문을 해서 내 인내심을 시험하곤 했기 때문이다. 가르치는 능력이 형편없다고 믿게 하는 언니에게 더 이상 영어를 가르치지 않는 게 현명한 일인 것 같았다.

그랬던 그녀가 드디어 좋아하는 일을 찾았다. 몇 개월 동안 거제도에서 창원으로 주말마다 무슨 교육을 받는다며 왔다 갔다 하고, 무슨 시험을 친다고 스터디 카페에서 많은 시간을 보내더니 레크리에이션 노인스포츠지도사 자격증과 요양보호사 자격증을 땄다. 2021년 한 해에 국가공인자격증을 두 개나 딴 것이다. 더군다나 주간보호센터에서 어른들을 모시고 매주 두 시간 레크리에이션 강의로 봉사활동을 한다. 간간이 가족 단톡방에 강의 동영상을 올리곤 하는데 목소리도 크고, 당당한 모습이 '무대' 같지 않고, 무대 위에서 공연하는 가수 같았다. 본인도 어르신들 앞에서 수업을 할 때면 자신이 아이돌이 된 것 같다고 말한다.

언니는 47세에 드디어 좋아하는 일을 찾았다. 스무 살부터 뭘 하고 싶은지 알고 싶어 하던 언니가 27년 만에 찾은 일이었다. 2022년에 나는 언니와 함께 동서대 시니어운동처방학과에 수시전형으로 입학했다. 정부에서 지원하는 사업이라 4년 학사과정이 무료다. 언니와 시니어 사업을 꿈꾸면서 공부하고 강의 콘텐츠를 확장하고 있다.

거제도에서 직장을 다닐 때 부업으로 커피숍을 운영했었다. 내가 아침 여덟 시부터 오후 다섯 시까지 조선소 외국인 사무실에 근무하는 동안 동생이 아르바이트를 써 가면서 테이블 여덟 개가 있는 가게를 책임졌다. 당시에는 거제도에 커피숍이 거의 없었기 때문에 오픈한 지 한두 달 만에 한 달 매출이 천만 원을 넘었다. 특히 외국인 손님들이 많았는데 그들은 자리에 앉으면 카페 라떼를 두세 잔씩 마시곤 해 매상을 팍팍 올려 줬다.

평일 저녁이나 주말에는 나도 가게를 지킬 때가 많았다. 재미있는 외국인 손님들이 항상 붐볐는데도 나는 가게 밖의 거리를 지나다니는 사람이 부러웠다. 나가고 싶어도 그러지 못해 갇혀 있는 것만 같았다. 나는 자유롭게 돌아다니고 싶은 사람인데…. 그제야 나는 가게를 운영하는 것이 내 적성에 맞지 않다는 것을 알았다. 누군가에게 가게를 맡기고 경영만 하면 될 것 같지만 사업 자체를 부담스러워한다는 것도 알게 되었다. 생계를 위해서 누군가와 협업하는 것을 꺼린다는 것도 알 수 있었다.

그즈음 강사가 되기 위해 주말마다 서울로 강사 양성과정을 다녔다. 언젠가는 나도 강의를 하면서 전국을 돌아다니는 프리랜서가 되기를 꿈꾸면서. 지금은 커피숍을 해 보지 않았다면 몰랐을 꿈을 이루어 혼자서 강의를 하고 돌아다닌다.

8년째 강의를 하면서 새롭게 생긴 꿈은 소설가다. 무엇보다도 혼자서 해내야만 하는 일이라서 매력적이다. 내 손과 눈과 뇌의 절묘한 협응으로 이루어 내는 창조. 유명한 소설가들이 흔히 하는 것처럼 작품을 쓸 때마다 세계 곳곳에 둥지를 틀고 오전 아홉 시부터 오후 두 시까지 글을 쓰고 싶다. 두 시 이후로는 운동을 하고 책을 읽는 거다. 인세로 먹고 살 수 있는 전업 작가의 삶을 꿈꾸고 있는 나는 행복하다.

출판사 북노마드의 대표, 윤동희 출판편집인 역시 혼자서, 자기가 좋아하는 일을 하는 사람이다. 그의 수필집 《좋아서, 혼자서》에서 밝히길, 그가 인생의 해답으로 삼는 문장은 다음과 같다. "어떻게 하면 하기 싫은 일을 하지 않고, 하고 싶은 일을 하면서 살 수 있는가." 이 문장은 소설가 김연수가 《지지 않는다는 말》이란 자신의 산문집에서 인생의 질문은 딱 이 문장으로 집약된다고 적은 것이었다.

지금 뭘 하고 싶은지 모르는 당신, 잠시만 더 기다려 보라. 마음에 쏙 드는 일이 생기려고 뜸을 들이고 있다. 일단 새로운 것들을 시도해 보라. 매일매일 똑같은 일을 하면서 '내일은 좋은 일이 일어나겠지' 하고 바라는 사람을 아인슈타인은 '바보'라고 했다. 당신이 매일 새로운 것을 시도하는 사람이라면 조만간 신나는 일을 찾게 될 것이다. 인생이라는 무대의 스포트라이트가 켜질 것이다.

3.

스마일리지를
적립하세요

누군가 내게 왜 사냐고 물으면 '웃다가 가려고'라고 답하고 싶다. 예전에는 '엄마가 낳았으니까 살지, 그럼 죽냐?' 이렇게 무식하게 답하곤 했다. 하지만 인문학에 관심을 가지고 나서 생각해 보니 나는 최대한 행복해하다가 미련 없이 죽기 위해 사는 거였다.

그뿐이다. 내가 태어난 이유는 '웃기 위해'이며 살아가는 이유도 '웃기 위해서'다. 한마디로 웃기 위해 사는 인생인 것이다. 그렇다면 인간은 왜 웃을까? 정말 산뜻하면서도 흥미로운 질문이 아닐 수 없다. 동물은 웃을 수가 없다고 한다. 왜 우리 인간, 호모 사피엔스만이 웃는 것일까?

미국의 심리학자, 윌리엄 제임스가 유명한 말을 남겼다. "행복해서 웃는 게 아니라 웃어서 행복하다." 그렇다. 행복해서 웃는 게 아니다. 웃으면 광대가 자극받아서 뇌하수체에서 세로토닌, 엔돌핀 같은 행복 물질을 분비하기 때문에 행복을 '느끼는' 것이다. 따라서 행복해지려면 그냥 억지로 웃어서 광대를 자극해 주면 되는 것이다.

나는 실제로 30대 초반에 1시간 동안 억지로 웃어 본 적이 있다. 10분이 지나니 내가 웃고 있는 건지 울고 있는 건지 헷갈리기 시작했다. 50분이 지나자 등에서 척추를 따라 일렬로 시원한 느낌이 흐르는 게 아닌가. 척수는 척추 사이사이에서 두 줄씩 빠져나와 왼쪽과 오른쪽으로 나뉘어져 말초신경으로 이어진다. 목뼈(경추) 7개, 등뼈(흉추) 12개, 허리뼈(요추) 5개의 분절에서 30년 넘게 꾸준히 쌓였던 감정의 찌꺼기들이 좍좍 빠지고 있는 느낌이 들었다.

어렸을 적 명절 때마다 친척들이 우리 세 자매 중에서 큰언니를 손가락으로 가리키며 '얘가 제일 이쁘네!'라고 말할 때마다 느꼈던 열등감, 셋째 딸로 태어나 무의식적으로 부모님의 눈치를 봤을 애정결핍의 자아, 부모님이 싸울 때마다 느꼈던 죄책감, 강압적인 학교생활과 입시경쟁으로 피곤해하던 불안과 분노가 빠져나가고 있는 느낌이었다.

그렇게 한 시간을 웃고 나니 뭐라 표현할 수 없을 만큼 후련했다. 마취하지 않고, 개복하지 않고, 약을 먹지도 않고, 주사를 맞지도 않고, 온몸을 구석구석 치료한 느낌, 온전한 치유의 느낌이었다. 인간은 살기 위해서 웃는 것이다.

웃음치료라는 말은 1960년대부터 사용했다. 의사협회에서 '치료'라는 말을 사용할 수 있게 허용을 했다는 것은 그만큼 웃음의 효과를 인정한 것이라 할 수 있다. 건강운동관리사인 깍지는 9년 전부터 운동의 효과를 높이기 위해 카이로프랙틱(Chiropractic)*을 공부했다. 하지만 그 업계 사람들이 영업을 할 때 간판에 '도수치료'라는 단어를 쓰면 바로 의사협회가 고소를 할지도 모른다고 한다. '자세 교정'처럼 교정이라는 말도 사용할 수 없다. '바른 자세'나 '밸런스' 같은 애매한 단어들만이 간판에 넣을 수 있는 합법적인 말이다. 몇 년 전까지만 해도 '운동처방사자격증'이었던 것이 지금은 '건강운동관리사자격증'이 되었다.

---

* 그리스어로 손을 뜻하는 '카이로(cheir)'와 치료를 뜻하는 '프랙 틱스(praxis)'의 합성어다. 미국에서 시작된 대체의학으로 척추 교정을 통해 뇌와 세포 간에 신경전달을 원활하게 만들어 준다.

'처방'이라는 말은 의료인만이 쓸 수 있다는 의사협회의 주장 때문이다. 하지만 웃음에는 치료라는 말이 붙었다. 의사들도 웃음이 얼마나 건강에 좋은지 인정한 것이다.

웃음은 내장을 효과적으로 마사지해 소화와 혈액 순환, 면역에 도움을 준다. 인간의 몸에서 소화, 혈액 순환, 면역이 좋은 상태라면 그 외에 다른 무엇이 필요하겠는가. 억지로 웃어도 웃는 효과가 난다니 웃지 않을 이유가 없다. 혼자서 운전할 때 적극적으로 웃는 시간을 가지면 좋을 것 같다. 우리는 웃으려고 살아가고, 살기 위해서 웃는 것이니까.

사람을 웃길 수 있는 기술은 의식 수준이 높은 사람만이 가능하다고 생각한다. 선천적으로 웃긴 사람은 별로 없다. 그래서 유머 감각을 키우려고 노력하는 사람은 의식이 높은 사람이라 말하고 싶다. 강의를 다니면서 가장 갖고 싶은 재능은 유머 감각이다. 번뜩이는 코멘트와 애드리브, 창조적인 상상력, 자연스러운 제스처와 몸짓으로 좌중을 들었다 놨다 할 수 있는 능력은 모든 강사들의 로망일 것이다. 강의 중에 청중들이 많이 웃었다면 다음 과정에서 다시 불러 줄 확률이 높다. 웃음이 거의 없었던 강의는 보나마나 피드백이 엉망이다.

매번 다른 청중들을 대상으로 특강을 하다 보니 똑같은 내용을 강의할 때가 많다. 항상 사용하던 코멘트로 웃음을 유발하려는데 어느 순간부터 갑분싸(갑자기 분위기 싸해짐) 될 때가 있다. '빵빵 터지던 코멘트인데 왜 이러지? 왜 이게 안 먹히지? 뭐가 달라진 걸까? 청중의 평균 연령이 낮아서 그런가?' 물론 웃긴 포인트는 나이가 많이 좌우한다. 하지만 더 중요한 것이 있었다. 내용보다는 전달력이었다. 내용을 전달하면서 자신감이 떨어진 눈은 흔들리고 목소리가 어색하고, 에너지도 충만하지 않은 것이었다.

유머를 할 때의 내 의식 수준이 유머의 효능을 결정한다. 영민한 뇌, 부지런한 몸, 집착이 없는 자유로운 마음 상태에서 나오는 유머는 팔팔하게 살아남아 청중의 가슴에 갖다 꽂힌다. 유머 내용은 내 눈빛과 내 확신과 내 에너지가 서로 맞물려 청중의 웃음을 만들어 내는 것이었다.

희미한 정신 상태로 살아가다가 앵무새처럼 지껄인 농담에 누가 반응을 하겠는가. 강사의 유머에 청중이 웃지 않는다는 것은 강사 말에 공감할 수 없다는 뜻이고, 강사가 마음에 들지 않는다는 의미이고, 강사의 행동이 어쭙잖다는 신호다. 웃음은 강사의 말에 공감할 때 터지는 것이다. 강사 말에 웃는다는 것은 '당신 말이 맞아요. 진짜 동감이에요'라고 말하는 것이니까.

우리는 웃기는 기술을 고민해야 한다. 우리의 유머 감각을 꾸준히 점검하는 것이다. 누군가를 많이 웃길 수 있는 때가 가장 영성이 높은 기간이다. 이슬람교의 경전, 코란에도 주위 사람을 웃길 수 있는 사람만이 천국에 갈 자격이 있다고 하지 않았는가. '웃자'는 나의 좌우명이 되었다. 남을 웃길 수 있는 유머감각은 내 정신이 세상에 얼마나 잘 반응하며 살아가는지 알려 주는 척도다.

4.

도를 아십니까
(feat. 교육)

생로병사의 삶에 있어 교육이 얼마나 중요한지 우리 모두 잘 알고 있다. 하지만 대한민국에 진정한 '교육'이 있을까? 우리는 제대로 된 교육을 받았을까? 이 질문에 답하기 위해서는 일단 교육의 정의를 바르게 내려 봐야 한다.

교육은 어린이를 어른이 되도록 가르치는 행위라 할 수 있다. '어린이'란 단어는 방정환 선생님이 처음 사용한 용어다. 지금은 나이가 어린 사람을 뜻하지만 원래 '어리석은 이'의 줄임말이었다. 세종대왕이 훈민정음을 창제할 때 《훈민정음 언해본》에서 '어린 백성'을 위해서 창제한다고 뜻을 밝힌 것처럼 어린 백성은 나이가 어린 백성이 아니라 어리석은 백성이었던 것이다. 어린이(어리석은 이)는 어른이 된다.

어른으로 가는 길을 도(道)라고 한다. 어른으로 가는 길을 제대로 따라 가면 정도(正道)를 걷는다고 한다. 정도를 따라가지 않고 바깥으로 벗어나는 것을 도 밖으로 벗어난다고 해서 외도(外道)라 한다. 우리는 불륜이 외도라고 생각하지만 어른으로 가는 길을 벗어나는 모든 행위를 외도라고 부른다. 예컨대 폭력을 쓰거나, 도둑질을 하거나, 거짓말을 하거나, 이간질을 하거나 마약을 하는 등의 행동들이 모두 외도다.

외도하지 않도록 채찍과 당근으로 치는 행위를 교(教)라고 한다. 그래서 教의 오른쪽 변에 칠 복(攵) 자가 들어가 있다. 그렇게 어리석은 사람을 어른으로 길러 내면 기를 육(育) 자를 붙여 教育(교육)이라 한다. 즉 교육이란 외도하지 않도록 채찍과 당근으로 쳐서 어리석은 이를 어른으로 길러내는 행위다.[*]

한국 학생들은 금방 훑어본 교육의 정의대로 교육을 받고 있을까. 어른이 되기 위한 공부를 하고 있는가? 아니다. 대부분 수학 공식, 영어 독해, 문학 작품의 주제, 세계 지리, 역사적 사실과 같은 전문지식을 배울 뿐이다. 전문지식을 가르치는 사람

[*] 박완순,《인성공부》, 벗나래, 2012.

을 우리는 교육자라고 부르지 않는다. 강사라고 불러야 한다. 어른 만드는 행위를 하는 사람만이 교육자라 할 수 있다. 전문 지식만을 가르치는 곳은 학교가 아니라 강습소라 불러야 마땅하다.

우리나라 중학교의 자랑거리는 외고, 과학고, 국제고 등 특수고등학교에 입학하는 학생 수다. 우리나라 고등학교의 자랑거리는 뭐니 뭐니 해도 명문대에 몇 명을 입학시켰는가이다. 서울에 있는 대학에 몇 명이 입학했는지 즉, 인(IN)서울한 학생이 몇 명인지 플랜카드를 붙인다. 서울대학교 무슨 학과에 입학했다며 졸업생의 이름을 현수막에 내건다. 그것이 학교의 자랑거리니 교육이 있을 리 만무하다.

그렇다고 대학에서 드디어 제대로 된 교육을 받는가 하면 천만의 말씀이다. 취업이나 자격증에 초점이 맞춰진 수업이 주를 이룬다. 어른 만드는 행위가 교육의 정의라고 했을 때 이 시대에 진정한 어른이 없다고 하는 이유를 알 것 같다.

시골 어느 동네에서 사법고시나 행정고시에 붙은 사람이 나오면 어느 집 몇째 아들이 어느 고시에 붙었다며 부모 이름까지 현수막에 올린다. 우리는 21세기에 살고 있지만 조선 시대

와 같은 발상이 아닌가. 법조인이나 고위 공무원은 직업일 뿐
이다. 판사가 환경미화원보다 현수막까지 붙일 만큼 더 알아줘
야만 하는 직업이란 말인가. 판사는 그 수가 적고, 환경미화원
은 많아서인가. 판사는 되기가 어렵고, 환경미화원은 그에 비
해 쉬워서인가. 검사든, 변호사든, 선생이든, 경비원이든, 경찰
이든, 식당 종업원이든 더 알아줘야 하는 직업은 없다.

하루는 고향 친구가 "우리 둘이 그림 대회 나가서 맨날 수다
떨다가 30분 남겨 놓고 그리기 시작했는데 니는 맨날 상 받고
나는 한 번도 못 받았다"라는 말을 한 다음 날이었다. 막상 그
말을 들었을 때는 마음속으로 '뭔가 어른들 눈에만 보이는 장점
이 보였겠지' 하고 나에게는 숨은 재능이 있다고 자신했다. 2, 3
학년 때는 상상화 그리기, 4학년 때는 시, 5, 6학년 때는 서예로
이웃 면에서 개최하는 대회에 나갔다. 두세 개 면에 있는 학교
와 분교에서 온 아이들이 모여 종목별로 대회를 했던 것이다.

나는 대회에 나가서 상을 타지 못한 적이 한 번도 없었다. 그
것도 금상이 아니면 은상이었다. 동상을 받은 적도 없었다. 친
구가 그 말을 아무 생각 없이 흘리고 난 다음 날 혼자 거실을 서

성거리다가 《이오덕 일기》*에서 읽었던 구절이 생각났다. 당시 대회를 하면 학생의 아버지 직업을 써 놓고 그것에 맞춰 상을 줘서 분하다는 내용이었다. 나는 1985년부터 학교를 다녔고, 이오덕 선생님의 근무지는 우리 고향 부근이었으니 우리의 대회 분위기도 예외가 아니었을 것이다. 나와 경쟁을 한 아이들 집은 대부분 농사를 짓거나 장사를 했다. 우리 아빠는 면사무소에 다니셨다

《이오덕 일기》를 읽으면서 그 당시 정부가 얼마나 교육청에 개입했는지(그때는 반공교육을 하던 때다.) 알게 되어 놀란 기억이 있는데 교육 공무원들이 거의 비슷한 수준의 작품에서 농업이나 상업을 하는 사람의 자식보다는 행정공무원의 자식에게 상을 주는 것이 자연스러워 보였다. 내게 예술적인 재능이 있었던 게 아니란 걸 알게 되어 놀랐다. 그런 자만심이 있어 글쓰는 노력도 기울이지 않고 항상 책을 써야 한다는 노래만 불렀던 것 같다.

---

* 이오덕(1925-2003)은 글쓰기 교육운동과 우리말 연구에 힘쓴 학자이고 작가였다. 동화작가 권정생의 친구이자 후원자로도 유명하다. 초등학교 교사 생활을 하면서 40년 동안 쓴 일기가 《이오덕 일기》 5권으로 탄생했다.

진정한 교육자의 눈으로 바라봤을 때 내가 받은 교육은 엉망일 것이다. 그런 내가 지금은 주로 공무원들을 대상으로 교육을 한다. 행정공무원, 경찰공무원, 소방공무원, 교육행정공무원들에게 인문학과 힐링 강의를 한다. 앞서 말한 교육의 정의를 항상 유념하면서 강의장에 들어서려고 노력한다. 어른이 되는 교육, 지성인이 되는 교육, 정도를 걷는 교육, 그래서 행복한 삶을 살게 되는 교육을 해야 한다. 그런 교육을 찾아가서 받아야 하고, 스스로도 교육해야 한다.

나이가 들면서 가장 중요한 걸 꼽으라면 스스로 교육하는 것, 즉 어른이 되는 길을 알아 가는 것이라고 말할 수 있겠다. 산다는 건 어른이 되는 길(道)을 향한 하루하루의 열정이다.

5.

정상으로 가는 길에
꽃들을 보는가

요즘 워라밸이라는 말이 유행이다. 일(Work)과 삶(Life)의 균형(Balance)라는 뜻으로 영어 단어를 한 음절씩 딴 것이다. 그동안 한국 사람들이 일과 삶에서 얼마나 균형을 찾지 못했는지 알 수 있다. 취미생활과 휴식보다는 일을 너무 우선시해 온 것이다. 우리 부모님들이 그래 왔고, 우리 역시 학교에서 일 그러니까 직업을 얻기 위한 공부만 했기 때문에 그게 당연한 줄 알았다. 이제야 일 때문에 나만을 위한 시간을 저당 잡히지 말아야 한다는 의식이 퍼지고 있다.

아빠는 승진이 빨랐다. 어린 나는 '승진'이라는 단어의 뜻을 몰랐지만 그 말을 다른 사람들에게 전하는 엄마의 얼굴과 억양

만으로도 두둥실 높은 곳(昇, 오를 승)으로 나아가는(進, 나아갈 진) 기분이 들었다. 그땐 몰랐다. 아빠가 사무실에서 직책이 올라갈수록 술을 더 많이 마시고, 우리와 함께 보낼 시간이 사라지고, 머리카락이 줄어든다는 사실을.

아빠는 내가 국민학생 때 면사무소의 총무계장이셨다가 곧 부면장이 되셨다. 만 49세에 군에서 가장 큰 면의 면장이 되셨다. 이후 군청에서 4급으로 근무하시다가 만 59세에 퇴직을 하셨다. 퇴직 후 5년쯤 지난 어느 날부터 이상하게도 아빠의 목소리가 쉬었다. 몇 달 동안 영주에 있는 이비인후과에서 진료를 받고 약을 타 드셨지만 차도가 없었다. 흉선암이었기 때문이다. 2년 동안 항암치료를 여덟 번을 받으시고, 뼈만 앙상하게 남은 채로 돌아가셨다.

나는 생각해 본다. 아빠가 승진에 연연하지 않고 스트레스를 덜 받으며 직장 생활을 했다면 어땠을까. 아빠는 이틀에 한 번은 술에 취해 들어와 우리를 깨워 술주정을 하셨다. 우리 4남매는 어렸지만 아빠의 술주정이 면사무소 책무 때문이라는 걸 잘 알고 있었다. 과연 우리 아빠만이 승진에 메인 삶을 살았을까.

8년 동안 공무원 대상 강의를 하면서 놀랐던 사실은 많은 공무원들이 아빠가 그랬던 것처럼 승진에 과도하게 신경 쓰고 있다는 사실이었다. 강의 후 고민이 있다며 상담을 요청한 어느 시청 공무원은 자신과 동기가 이번에 승급 대상자가 되었는데 자신의 점수가 불리해서 너무 걱정이라고 말했다. 자신이 불리하다는 사실은 잘 알고 있지만, 그래도 막상 동기가 승진한다면 도저히 못 봐줄 것 같다는 것이다. 그날은 마침 '인문학의 진선미'라는 제목으로 강연을 했는데 내가 누구인지, 어떻게 살 것인지, 죽음이 무엇인지 답해 가는 여정이 삶이며, 그런 여정을 살아야 행복하고 자유로워질 수 있다고 두 시간이나 떠든 후였다. 그분이 강의를 잘 들었다면 고민의 해답을 알아차렸겠지만 강의 중에도 집중하지 못하고 승진 걱정을 하고 있었을 것이다.

여러 공무원 교육기관에 다니면서 도청, 시청, 경찰청은 무서울 정도로 보수적인 조직이란 생각을 한다. 그런 조직 안에서 개개인은 어떻게든 빨리 승진하기 위해 과한 에너지를 쏟아붓는 것 같다. 그러나 퇴직 후엔 그냥 퇴직자일 뿐이다. 과장도, 부장도, 실장도, 경위도, 경감도, 교장도, 교감도 다 퇴직자다. 퇴직 후의 삶에서도 퇴직할 때의 직위로 불린다고 생각하는가. 아직도 누군가에게 불리는 호칭으로 당신을 규정지을 것인가.

오스트리아의 정신의학자 알프레드 아들러는 스스로 가치가 있다고 생각하기 위해서는 어떤 형태로든 주체적으로 타자에게 공헌해야 한다고 했다. 나에게 가치가 있다고 생각되는 것은 나의 가치가 공동체에게 유익할 때뿐이라고도 했다.

과연 우리나라 행정공무원 중에서 지역 주민의 안녕과 편리를 자신의 승진보다 더 우선하는 사람이 있을까. 경찰공무원 중에서는 국민들의 안전과 보호에 도움이 될 만한 아이디어를 내려고 노력하는 사람이 있을까. 밑 선에서 올라온 의견을 고심해 보고, 구조적인 문제를 해결하려는 고위 공직자는 어느 정도 있을까. 그런 공무원이 많은 사회일수록 편안하고 행복한 나라가 될 것이다. 공무원들이 승진보다는 타자 공헌에 더 집중할 때 직장 스트레스도 줄고 가족과의 삶도 만족스러워질 것이다.

대한민국 사회는 경쟁을 당연하게 받아들이고 있다. 초, 중, 고등학교를 다니면서 학습된 결과다. 반에서 1등은 언제나 한 명뿐이고 누군가 등수가 올라가면 내려가는 사람이 있는 것이 당연한데도 교사들은 다음 시험에서 등수를 올리라고 강요한다. 심지어 고2, 고3 때는 특별반을 만들어 따로 관리하기도 한다. 특별반이 되지 못한, 공부보다는 뭔가 창조적인 일과 예술적인 재능을 번뜩이는 학생들이 열등감에 빠진다.

그래서일까. 열등감에서 자신을 구제해 줄 방책이 공무원이 되는 일인 듯 너도 나도 공무원 시험에 몇 년씩 투자한다. 물론 이해도 된다. 정년이 보장되어 있어 앞으로 먹고살 걱정을 안 해도 되니까. 그렇게 공무원이 되었다고 치자. 평생직장이라 생각한 곳에서 안도하는 기간은 상당히 짧다. 일이 내 적성에 맞지 않거나 혹은 조직 내에서 어떤 특정인을 피하고 싶어질 때는 멘붕에 빠지게 된다. 너무 힘겹게 들어온 곳이라 그만두기도 쉽지 않다. 하지만 그곳이 그만두지 않으면 벗어날 수 없는 공간이라는 사실을 자각하고 당황하게 된다. 서로 얽혀 있는 조직 내의 인간관계에서 상처를 주고 상처를 받는다. 어떻게든 승진을 빨리 해야만 상처가 아물 것 같은 착각이 드는 것이다. 하지만 명예나 권력이나 부를 남보다 더 많이 얻으려고 노력할수록 오롯이 나에게 집중하는 삶을 놓칠 수 있다. 워라밸과는 멀어지는 것이다.

동기보다 늦게 승진해도 괜찮다. 동기보다 더 건강하고, 더 행복하고, 더 웃는 시간이 많으면 된다. 우리 아빠처럼 승진은

초고속으로 하면서 건강을 저당 잡혀서는 안 된다. 가족과 보내는 시간을 저당 잡혀서도 안 된다. 정상으로 가는 길에는 많은 꽃들이 피어있다. 땀을 식히며 산들거리는 바람을 느낄 벤치도 놓여있다. 쉬어가야 하고, 느끼면서 가야 하고, 알아차리면서 가야 한다. 정상에 오른 15분이 중한가, 올라가는 서너 시간이 중한가.

6.

사랑인가 집착인가

혼인신고를 하지 않아도 '가족'이다. 《한국민족문화대백과》 사전에 가족이란 '혈연, 인연, 입양으로 연결된 일정 범위의 사람들로 구성된 집단'이라고 쓰여 있다. 인연으로 연결되어도 가족이다. 마음가짐이 중요한 법이다. 입양도 마찬가지다. 법적 절차를 받지 않아도 내가 입양했다고 생각하면 가족이 될 수 있다. 가족은 법이 정하는 것이 아니라 우리 스스로 정하는 것이다.

나는 결혼식과 혼인신고를 할 필요가 없다고 생각한다. 지금 함께 있는 것만이 중요하니까. 미래도 걱정하지 않는다. 서로 자유로운 상태로 함께 지낼 뿐이다. 하지만 깍지는 나의 남편이다. 진정한 결혼은 각자의 성숙한 마음 상태로 이루어진다고 믿고 있다.

2020년 6월 통계청 자료에 따르면 결혼 건수는 월간 1만 7,186건, 연간 23만 9,159건에 달한다. 이혼 건수는 월 8,776건, 연 11만 831건이다. 결혼한 수의 거의 반 정도가 이혼을 하고 있는 셈이다.

큰언니는 나와 깍지 걱정을 한다. '결혼식이나 혼인신고를 하지 않으면 열두 살이나 어린 남자가 나중에 니 싫다고 하면 어떻게 할 거냐'고 묻는다. 마치 결혼을 하면 남자 마음이 떠나도 계속 붙어살 수 있는 것처럼. 이혼율이 지금 몇 퍼센트인데.

하지만 나는 정확히 그 이유로 결혼식도 하지 않고, 혼인신고도 하지 않는 것이다. 서로 싫어지면 언제든지 마음 편히 떠날 수 있도록 법적으로도, 인맥상으로도 얽히지 않는 것이다. 내 인생이니까 남들에게 피해가 가지 않는 선에서 내 사고방식대로 살고 있다.

그런데 이렇게 얘기하는 분도 있다. 그게 부모님과 언니들에게 피해를 주고 있는 거라고. 그런데 아무리 다각도로, 다층적으로, 심층적으로 이리저리 생각해 보아도 내가 언니와 엄마에게 어떤 피해를 주고 있다는 것인지 모르겠다. 엄마의 삶과 언니의 삶과 나의 삶은 다르다. 내 삶은 엄마의 삶과 언니의 삶에 구속된 것이 아니다. 가족이라면 내 행복이 우선이지 사회의 편견이나 시선 때문에 피해를 받고 있다고 생각하지 않아야 한다.

나는 결혼한 지 10년이 지난 사람에게 다른 이성에 끌린 적이, 다른 이성을 진짜 사랑한 적이 없는지 묻고 싶다. 깍지와 나는 각자의 일을 신나게 하면서 8년째 알콩달콩 한 집에 살고 있다. 하지만 언제든 깍지에게 나보다 더 나은 여자가 생긴다면 보내 줄 작정이다. 그때 자유롭게 떠날 수 있도록 결혼식이나 혼인신고는 사양한다. 그 여자가 깍지를 나보다 더 사랑해 준다면 얼마나 다행인가. 깍지는 그런 사랑을 받을 자격이 있는 사람이다. 더 행복할 자격이 있다. 나와 함께 있는 시간보다 그 여자와 함께하는 시간이 더 행복하다면 보내 주겠다. 그리고 그 행복한 모습에 눈물짓겠다. 용기를 내어 그 여자에게 고마움을 표시하고 싶다.

말은 이렇게 하고 있지만 실제로 닥치면 얼마나 괴로울지 잘 알고 있다. 하지만 반대 상황도 일어날 수 있다. 내가 더 진정한 사랑을 찾는다면(지금은 불가능해 보이지만) 깍지를 떠날 수도 있을 것이다. 그렇게 된다면 깍지와는 남녀의 관계가 아니라 친구 사이가 되겠지.

결혼식이나 혼인신고로 서로를 구속해서는 안 된다. 우리는 언제나 변할 수 있는 자유로운 존재니까. 세상에서 변하지 않는 것은 변한다는 사실 하나뿐이니까. 우리 마음도 항상 변하니까 자유롭게 두어야 한다.

오늘, 지금, 여기에서 마음을 같이하고, 함께 살고 있으면 그게 바로 '가족'이다. 미래는 아닐 미(未) 자에 올 래(來) 자로 되어 있다. 아직 오지 않은 것이다. 가족이라면 아직 오지 않은 것을 담보로 구속해서는 안 되는 것이다. 내가 깍지와 혼인신고를 해야 하나 살짝 고민해 본 적은 해외 근무하면서 쌓인 항공 마일리지를 깍지에게 주고 싶을 때뿐이었다. 항공사에 '가족관계증명서'를 보내 줘야 하기 때문이다.

30대가 되었을 때 왜 아직도 결혼을 안 하냐고 묻는 사람들이 많았다. 그중에서 결혼생활이 아주 흡족했던 사람은 과연 몇 명이나 됐을까? 이렇게 좋은 결혼을 왜 하지 않느냐고 묻는다면 이해가 된다. 그러나 대부분은 몇십 년의 결혼생활이 '그럭저럭, 내지는 견딜 만한데 너는 왜 하지 않느냐' 정도로 들렸다.

결혼은 개인과 개인의 결합뿐만 아니라 집안과 집안의 결합이라고들 한다. 그걸 비웃을 수 있는 장면에 대해 이야기해 보고자 한다. 2년 전 지인 결혼식이 있어 서울에 갔다. 예식홀 앞에 있는 테이블에서 두세 명이 앉아 축의금을 받고 있었다. 그 사람들은 아마 신랑 측과 신부 측의 가장 가까운 지인일 것이다. 결혼식장이 얼마나 좁던지 사람들로 미어터지고, 축의금 받는 양가 측 테이블은 2m 정도밖에 떨어져 있지 않았다. 그런데 서로 인사를 하지 않았다. 눈길도 안 줬다. 결혼이 집안과 집안의 결합이라는 사회 통념상 너무 이해가 안 되는 장면이다. 집안 간의 결합이라면 서로 '나는 신부의 작은 아버지다', '나는 신랑의 형이다' 하며 인사하고 '앞으로 잘 부탁한다, 잘 지내보자'고 해야 하는 게 아닐까?

나는 38세에 각지를 만났다. 당연히 38세까지 적지 않은 남자를 만났다. 그중에는 나를 진짜 좋아했던 사람, 내 연락을 귀찮아했던 사람, 나를 어장관리 했던 사람, 내가 혹은 내게 집착했던 사람, 헤어지고 나서도 찌질했던 사람들이 있었다.

그때 함께했던 사람은 내 마음이 불러들인 사람이었다. 내 마음 상태에 따라 이성 상대가 다가왔다. 비슷한 마음 파장을 가진 사람들끼리 만나게 되는 법이니까. '돈 많은 사람 좀 만나고 싶다', '좀 잘생긴 남자를 만나야 하는데'라고 찌질하게 생각했을 때는 어김없이 찌질이가 나에게 왔다. 외로운 게 싫어서 소개팅을 해 달라고 조른 후, 소개팅에 나가면 나랑 똑같은 애정결핍의 남자가 앉아 있곤 했다.

하지만 남자를 만나려는 의지 없이 내 시간을 즐기다 보면 너무나도 매력적인 남자가 왔다. 그런 경우가 많지 않았다는 것이 문제다. 2015년 10월에 나는 본격적으로 강의를 다니면서 '행복이란 게 이런 거구나' 느끼며 살아가고 있었다. 10년 동안 직장 생활을 하면서 꿈꿔 오던 강사가 되었으니까 말이다. 1년 동안 열심히 독서하고, 사색도 많이 했다. 그런 내 에너지와 우주의 에너지가 합이 맞았는지 내 나이를 몰랐던(실제로는 알았지만 모른 척했던) 지인이 깍지를 소개해 줬다.

자, 그러니 이성을 만나고 싶어 안달이 난 분들은 우선 자신의 상태를 점검해야 한다. 이성을 만날 때는 일단 내 마음을 들여다보는 것이다. 나는 혼자 있어도 충분히 행복한 사람인가? 나는 고독을 즐길 수 있는 사람인가? 나는 사랑을 받으려고만 하는 건 아닌가? 나는 다른 사람에게 사랑을 나눠 줄 수 있는 사람인가?

　잊지 말기를. 지금 내 앞의 이성은 내 마음을 보여 주는 거울이라는 것을.

7.

겪어 봐야 변한다

사람은 무엇을 통해 변하고 성장할까? 다음 세 가지가 아닐까 생각한다.

1) 누구를 만났는가?

애플의 창업자 스티브 잡스는 소크라테스를 만나 점심 한 끼할 수 있다면 애플이 가진 모든 기술을 맞바꿀 수 있다고 했다. 그만큼 '누구를 만나는가'는 인간을 성장시킨다. 이율곡 선생을 만나 인간의 어리석음에 대해 조언을 받을 수 있다면, 프로이트를 만나 1시간 동안 심리 상담을 받을 수 있다면, 노자를 만나 삶에 대한 의견을 들을 수 있다면 그 일이 있기 전과 후의 나는 완전히 다를 것이다. 이제까지 내가 생각하고 느끼고 행동하는 틀을 벗어나 새로운 인간이 될 가능성이 높다.

生-3에서 언급했던 메이 언니를 만나지 않았더라면 지금의 내가 있을까? 나를 변화시키고 성장시키는 사람을 만나야 한다. 그래야 사는 게 의미 있고 재미있어진다. 계속 현 상태를 유지하며, 변화하지 않으려 하고, 퇴행할 때 우리는 불행하다.

2) 무엇을 경험했는가?

나는 뭐든 경험해 보고 싶은 '하고잽이'다. 안 해 본 것은 뭐든 해 보고 싶다. 공장에서 하루 종일 일해 보고 싶고, 프랑스 시골의 와인 가공업장에서 포도도 따 보고 싶고, 케냐에서 커피 열매도 수확하고 싶고, 영화 엑스트라도 해 보고 싶고, 풍력 발전소에서도 일해 보고 싶다. 뭐든 새로운 것을 시도해보고 싶다.

6년 전, 한 번도 해 본 적이 없는 일을 해 봐야겠다 싶어 시도한 것은 인력 용역업체에 등록을 한 일이다. 예치금 5만 원을 입금하니 다음 날 새벽부터 인력 회사의 남자 사장님과 여자 사장님이 동시다발적으로 전화를 해 왔다.

처음 일 나간 곳은 중국집이었다. 손님이 많은 다섯 시간 동안 설거지를 했다. 기름기 많은 음식물의 그릇을 뽀득뽀득하게 만드는 것은 엄청난 양의 락스와 세제 덕분임을 알았다. 앞으로 중국 음식을 먹지 말자 다짐하며 최대한 그릇 하나하나 흐르는 물에 열심히 헹궜다. 다섯 시간 일을 하고 나니 손목이 뻐근했다. 주방장님과 홀에서 일하던 아주머니가 '새댁은 젊은데 어떻게 이런 일을 하냐?'고 그랬다.

일 마치고 시간당 만 원, 총 5만 원을 받고 나오는데 여자 사장님이 다음에도 또 와 달라며 전화번호를 달라고 했다. 몇 주 후에 정기적으로 오던 설거지 아주머니가 펑크를 냈다며 전화가 왔다. 지난번처럼 5시간 일을 하고 왔다. 다시 몇 주 후, 스카우트 제안을 받았는데 나가는 곳이 있다고 하고 거절했다. (프리랜서 강사라 시간제 일밖에 할 수 없다.)

노동자들이 뼈 빠지게 노동을 하고 왜 돈을 더 쓰게 되는지 알았다. 다섯 시간 동안 높이도 맞지 않는 싱크대에 구부정하게 서서 계속 손목을 돌려야 하고, 지독한 락스 냄새를 맡아야 한다. 나는 이틀밖에 안 했지만 이걸 업으로 해야 한다면? 나는 열 시간 설거지를 해 보고 나서 육체노동자의 입장을 조금은 더 이해하는 사람이 되었다.

그 외 인력업체에서 새벽에 급하게 파견 보낸 곳은 부산 강서구의 자동차 부품 공장의 식당 조리실이었다. 엄마가 20년 동안 하던 일(학교 조리사)을 경험해 봤다. 100인분 반찬 하는 걸 보조하고, 식판을 씻어 정리하고, 바닥을 밀대로 닦았다. 공장에서 일하는 사람들이 너무 젊은 사람이 조리실에서 일해서 그런가 자꾸 힐끔힐끔 보는 것 같아 부끄러워하면서 속으로는 '내가 이걸 부끄러워할 정도의 인간인가. 그러고도 인문학 강의할 자격이 있는가' 자책했다.

또 나이 어린 영양사가 매우 어렵고, 커 보이는 걸 느끼면서, '나는 인간을 인간 자체로 보는 게 아니라 직업으로 보는 속물인가!' 괴로워했다. '이 사람들이 내가 이런 일을 일부러 경험하고 있는 걸 알면 놀랄까? 내가 인문학 강사라는 걸 알면 놀라겠지?' 하고 이상한 자만이 들불처럼 일어나는 것도 가만히 지켜볼 수 있었다. 그렇게 나라는 인간은 경험을 통해 더 나은 인간으로 성장하고 있었다.

드라마틱한 경험을 하기 위해서 우리는 여행을 떠난다. 새로운 것을 보고, 특이한 사람을 만나고, 흥미로운 이야기를 듣고, 색다른 문화를 접하면 우리는 변화하고 성장한다. 영화 〈모터사이클 다이어리〉는 체 게바라의 젊은 시절 이야기다. 한센병(나병)을 연구하는 젊은 의학도인 '에르네스토 게바라'는 친구 알베르토와 함께 8개월간 남미대륙을 여행한다. 이 여행으로 에르네스토는 체 게바라로 다시 태어났던 것이다.

3) 어떤 책을 읽었는가?

성리학의 기틀을 마련한 정자는 《논어》를 읽고 나서 읽기 전과 후가 같으면 《논어》를 읽은 게 아니라고 했다. 책의 본질이 정자의 말에서 드러난다. 우리가 책을 읽는 이유는 변하기 위해서다. 그 책을 읽고, 더 나은 사람이 되기 위해서, 더 행복한 사람이 되기 위해서, 더 자유로운 사람이 되기 위해서, 깨닫기 위해서 우리는 책을 읽는 것이다.

고등학교를 졸업할 때까지 시골에 살면서 항상 나보다 멋진 사람, 나보다 훨씬 대단한 사람을 만나고 싶다고 염원했다. 시골에는 그런 사람이 없었다. 하지만 가만 생각해 보면 그런 대단한 사람들을 시골에서도 만날 수 있었다. 몇백 년 전의 천재들, 선각자들, 깨달은 사람들과 책을 통해서 소통할 수 있었던 것이다. 아빠가 국민학교 3학년 때 사준 100권짜리 어린이 전집 속의 위인들과 소설 속 주인공들이 나에게 이미 인생 공부를 시켜줬고 나를 성장시켰다.

조정래의 대하소설 《아리랑》을 읽고 나서의 나는 읽기 전의 내가 아니다. 12권을 다 읽고 나면 국가라는 개념을 다시 정립하고, 인간이 평등하다는 것, 존엄하다는 것에 대해 고찰하고, 전쟁이라는 단어가 존재하는 사실 자체에 무시무시함을 느끼는 인간이 된다.

내가 소설을 좋아하는 이유가 여기 있다. 소설은 있을 법한 스토리텔링으로 인간을 성숙시킨다. 작품을 가장 잘 읽은 것은 줄거리를 모조리 기억하는 게 아니다. 주인공이 느낀 감정을 고스란히 느꼈기 때문에 가슴이 아리고, 펑펑 울어본 사람이 제일 잘 읽은 사람이다.

책을 통해 내가 변화하고 새로워지려면 일단 양서를 골라서 많이 읽어야 한다. 어떤 책은 재독, 삼독 혹은 백독을 하면서 곱씹어 보고, 사색해야 한다. 이 내용으로 두 시간 동안 강의하는데 강의 제목은 '자기혁신을 위한 독서'다. 그만큼 나는 책이 인간을 변화시키고, 삶을 새롭게 한다고 믿는다.

8.

나와 너를 위한
인간관계술

인간(人間)에서 '간' 자는 사이 간(間) 자다. 사람과 사람 사이가 되어야만 인간이니 혼자 있으면 사람이고 두 명 이상이 되면 인간이다. 그래서 죽을 때는 '사람 살려!'라고 소리치지 '인간 살려!'라고 하지 않는다.

사람과 사람 사이에 빗장을 지르면 관계가 된다. 관계(關係)에서 '관' 자는 빗장 관(關)으로 서로 빗장을 질러 이으면(係) 관계가 되는 것이다. 빗장을 잘 질러 다른 '사람'과 이어지려면, 다시 말해 관계를 맺으려면 기본적으로 나와 타인을 바라보는 시선이 깊어야 한다. 안목이 있어야 하는 것이다.

빗장을 지르기 위한 문짝 두 개는 나와 너이기 때문에 다른

문짝(너)의 가로, 세로 길이를 짐작하고 나라는 문짝을 맞추
어 빗장을 질러야 한다. 만약 상대가 가로 50cm, 세로 2m로 길
쭉한 형태의 문이라면 나 또한 비슷한 모습으로 다가가 빗장
을 지르는 것이다. 물론 그 모습이 내 가치관과 생활방식으로
는 도저히 이해가 안 되는 모습이라면 빗장을 지르지 않으면
된다. 그 사람과는 얽히지 않도록 노력하면 될 것이다. 하지만
직장 상사, 형제, 배우자 등 어쩔 수 없이 관계를 맺어야(빗장
을 질러야) 하는 사이라면 그 사람의 문짝 형태를 맞추어야만
문이 만들어진다. 상대의 문 형태를 잘 살펴 내 것을 맞춰 빗장
지르기. 이것이 인간관계다.

태어난 성질대로 행동하는 것을 성격대로 행동한다고 한다.
'다들, 내 성격 알지?' 예전에 독불장군 상사들이 회의 중에 자
주 하던 말이다. 한마디로 내 문짝에 너희들 것을 알아서 맞추
라는 식이다. 요즘 이런 상사는 좋은 리더가 될 수 없다. 요즘
리더는 각각의 팀원에게 눈높이를 맞추어 준다. 내 성격대로
대하는 것이 아니라 인격적으로 대하는 것이다. 인격이란 다
른 사람의 성격에 나를 맞추어 줄 수 있는 성향인 것이다. 무조
건 따라오라는 식이 아니라 하나하나 이해시키고, 설득시키고,

토론하는 리더는 인격으로 빗장을 지르는 명품 대문을 만든다. 그런 문이 많은 조직은 긍정의 기운이 들락날락거리는 흥한 건물이 될 것이다.

나에게 큰 상처를 줬던 사람과는 빗장을 지르기가 쉽지 않다. 빗장을 지르지 않고 절교하면 될 것 같지만 부모나 형제자매처럼 너무 가까운 사이라면 서로 보지 않고 살더라도 내 상처들이 무의식 속 깊은 지하실에서 비명을 지르곤 해 삶을 위협하곤 한다.

이런 경우 우리에게는 일단 용서할 용기가 필요하다. 용서하라고 하면 대다수 '저는 도저히 용서 못 해요. 가족이 어떻게 그럴 수가 있어요?'라고 반응한다. 그들을 위해 용서하라는 것이 아니다. 용서란 본질적으로 나를 위해서란 걸 기억해야 한다. 그러니 용기를 내야 하는 것이다. 그들로부터 자유로워지기 위해서. 그 미움들이 나를 지배하지 않도록 하기 위해서 말이다.

30대 후반인 아는 동생은 어려서부터 외할머니 손에서 자랐다. 여섯 살이 되어서 외할머니가 돌아가시고 부모님과 남동생 둘이 있는 집에 들어가 살기 시작했다. 엄마는 자신의 머리를 빗겨 주는 것을 귀찮아했다. 그래서 머리를 짧게 자르게 했다.

너 같은 건 태어나지 말았어야 한다는 막말도 자주 했다. 밥을 먹을 때나 물건을 살 때도 남동생들과 차별하는 것이 당연한 일이었다. 중, 고등학생이 되어서는 남동생들과의 갈등도 심해졌다. 성인이 되어서 몇 년씩 연락을 끊고 살곤 했는데 요즘 어머니가 자주 전화를 해서 고통스럽다고 고백했다. 특히 어머니가 남동생들의 부인, 그러니까 며느리들 욕을 할 때면 어머니에게도 남동생들에게도 화가 치밀어 못 살겠단다.

일단 '엄마가 왜 나를 직접 기르지 않고 외할머니에게 맡긴 걸까' 생각해 보자. 엄마 입장에서 이유를 찾아본다. 엄마가 같이 살게 되었을 때 왜 남자 아이들과 차별을 한 것인지 엄마나 주변 인물들에게 이유를 묻거나 힌트를 얻어야 한다. 그런 후 엄마가 그럴 수도 있었던 입장을 이해해 보려고 노력한다. 엄마도 마음 상태가 어려서, 사랑받은 경험이 없어서, 학대 받은 경험이 있어서 그럴 수밖에 없었던 이유가 있을 것이다. 모든 것에는 이유가 있으니 말이다. 이런 노력은 엄마를 위해서 하는 것이 아니라, 오직 나를 위해 하고 있다는 걸 명심해야 한다. 누군가를 미워하는 마음은 항상 내 마음을 할퀴는 고통 요인이기 때문이다.

엄마가 나를 학대한 이유가 이해되더라도 가슴으로 받아들이기 위한 작업이 필요하다. 어려서 하지 못했던 말과 행동을 이제야 해 보는 거다. 아무도 없는 거실에서 어릴 적 나에게 반말을 하고 머리를 쥐어박던 엄마를 데려오는 거다. 그리고 엄마에게 하지 못했던 말을 실컷 한다. 엄마의 화난 얼굴이 앞에 있다 상상하고 때려 보자. 팔과 다리를 적극적으로 사용하면서 욕을 퍼부어 보자. 어릴 때 하지 못했던 것을 실컷 하면서 눈물, 콧물을 쏟아 내고 나면 조금은 후련한 마음이 들 것이다. 그렇게 시작하는 거다. 자주 반복하다 보면 엄마도 불쌍한 삶을 살고 있다고 느껴질 것이다. 직장에서, 학교에서, 모임에서 미워하는 사람이 있다면 몸을 적극적으로 사용해 실컷 욕하고 때리는 시늉을 해 보자. 내 몸속의 분노가 줄어들기 시작할 것이다.

빗장을 지르고 싶은 멋진 사람을 만나고 싶다면 내 문짝을 다듬는 데 집중해야 한다. 만나고 싶은 그 사람은 내가 준비되었을 때 비슷한 모습을 하고 다가와 빗장을 지르려고 할 것이다. 그렇게 만난 둘은 무의식의 세계가 연결한 접속이 이루어진 셈이다. 그런 어울림은 기본적으로 세상은 아름다운 곳이며, 사람들은 근본적으로 착하고 믿을 만하다는 사고를 바탕으로 이루어진다. 세상은 험난하고 경쟁하는 곳이라고 믿는 사람들에게는 그런 영혼의 만남이 이루어지지 않는다. 양자물리학에서 말하듯 세상의 기본 물질인 양자는 내 마음을 읽고 그것대로 움직이고 있으니 말이다. 死-4에서 자세히 살펴볼 것이다.

9.

늙어 갈 용기

서른 중반부터 나이가 들어가고 있다는 느낌은 몸의 사소한 변화에서 다가왔다. 하루, 이틀이면 아물던 상처가 일주일은 되어야 완전히 아물었다. 베개 자국이 선명하게 찍힌 뺨이 점심시간 때가 되어서야 조금씩 사라질 기미를 보일 때는 여간 당황스러운 게 아니었다. 치아와 잇몸 사이에 고춧가루가 낀적이 한 번도 없어 점심 식사 후에는 마음껏 웃고 떠들었는데 어느 날, 직장 동료가 고춧가루가 꼈다고 지적했을 때는 더 당황했다.[*]

마흔 중반이 되고 보니 늙어 가고 있다는 느낌은 큰 변화에

---

[*] 나이가 들면 치아와 잇몸 사이가 느슨해져 그 사이에 이물질이 끼기 쉬워진다.

서 찾아왔다. 평소와 달리 가르마를 타면 이제야 발견하냐는 듯 고개를 처든 한 소대의 흰 머리카락들. 웃으면 깊게 패이는 눈주름. 팔목과 손등에서 검버섯인지 기미인지 모르는 것들이 물 밑에서 올라오는 유령처럼 그룹을 지어 거뭇하게 비칠 때는 너무나 섬뜩하다. 가끔은 오른쪽 무릎이 불편해 절뚝거리며 걷는다. 재작년 한 해 동안 치아 3개를 신경치료 하느라 거의 1년 내내 치과를 다녔다.(이 책의 교정을 보고 있는 지금은 왼쪽 아래 어금니를 또 신경치료하고 있는 중이다.) 작년에는 질염 때문에 산부인과에 들락날락했다.

몸의 크고 작은 변화를 감수하기 위해서는 늙어 갈 용기가 필요했다. 서른 중반의 사소한 변화에 대해 대처보다는 당황으로 일관했다면 마흔 중반에는 불편함을 적극적으로 받아들이리라 작정을 한 것이다. 흰 머리카락과 눈주름과 검버섯에 관대해지려는 용기, 관절 통증에 따라 움직임과 운동 역학을 공부해 보려는 용기, 치과에 가서 접수하고 의사를 기다리며 앉아 있다가 그가 오면 입을 '아' 벌리고 있을 대단한 용기, 산부인과 의자에 앉아 다리를 벌려 내 모든 것을 보여 줄 용기를 내야 했다. 이렇게 나이가 들어 간다는 것은 나의 노화를 인정하고 지속적으로 보수, 관리를 하겠다는 '아름다운 의지'를 필요로 한다.

지인 중에는 반대의 용기를 낸 사람도 있다. 일단 그 사람은 자신의 노화를 받아들이고 싶어 하지 않았다. 늙는다는 것이 두렵고 싫다고 한다. 그래서 겉으로 보이는 젊음을 유지하기 위해 애쓰고 있다. 각종 건강 보조제 비용으로 매달 백만 원을 쓰고, 수시로 성형 수술을 한다. 매일 풀 메이크업을 하고, 화려한 옷과 장신구를 걸친다. 실제로 현재 그녀의 모습은 내가 15년 전 처음 만났을 때의 모습과 비슷하다.

하지만 인권활동가 류은숙은 《아무튼, 피트니스》에서 '젊게, 더 어려 보이게 살기를 목표로 한다면 나이 듦에 혐오를 품고 사는 것과 다를 바가 없다'고 말했다. 모든 생물이 그렇듯이 사람은 태어나서 성장하고 늙고 병들고 죽는다. 그것이 바로 '생로병사'라는 자연법칙이다. 그 진리를 거스르려는 것은 잘못된 용기가 아닐까. 그것을 인정하고 따르겠다는 마음가짐이 진정한 용기일 것 같다.

늙어 가는 법도 배워야 한다. 누구나 나이를 먹지만 늙는다는 사실에 대한 사색과 대화가 부족하다. 많은 사람들이 한 달에 한 번 정도 웰에이징이나 웰다잉 모임을 하면 좋겠다. 관련 도서를 읽고 토론해도 되고, 책 없이 자유롭게 운동, 치아, 다이어트, 노화, 죽음 등을 주제로 서로 얘기를 나누거나 글을 써 와서 합평을 해도 좋을 것이다.

무엇보다도 다양한 연령대와 직업군의 사람들이 만나 늙어 간다는 것에 대해 이야기하는 자체가 내 현존을 풍성하게 해 줄 것이다. 모든 생물이 그러하듯 사람 또한 태어나서 성장하고 늙을 수밖에 없다는 사실을, 그리고 언젠가는 이 삶과도 영영 이별할 것을 자연스레 받아들이게 해 줄 것이다.

불경에서 '무엇이든 구하는 것이 있으면 모든 것이 고통이요, 구하는 것이 없으면 모든 것이 즐거움'이라고 했다. 젊음을 구하지 않고 순리에 맡긴다면 고통이 아니라 즐거움이 될 수 있다. 아마 즐거운 챌린지가 될 수 있을 것이다. 새치가 정말 아름다운 중년, 웃을 때 눈주름 때문에 더 매력적으로 보이는 노인, 검버섯이 낀 팔과 손을 아무런 부끄러움 없이 사용하는 할머니, 틀니든 임플란트든 내 이처럼 깔끔하게 사용하는 시니어가 되고 싶다.

아일랜드 소설가, 오스카 와일드가 '영혼은 늦게 태어났으나 젊어지는 것이 인생의 희극이고, 육체는 젊게 태어나서 늙어 가는 것이 인생의 비극'이라고 말했듯이 우리의 영혼은 젊어지고 있다. 늙어 가는 육체에 매몰되지 말고 젊어지는 영혼에 집중해야 한다.

10년 뒤 막상 쉰 중반이 되면 어떤 상황일지 모르겠다. 벌벌 떨면서 임플란트를 하고, 무릎 통증 주사를 맞으러 다니는 건 아닐지. 완경한 후, 복부비만의 완연한 중년이 되어 있을지 모른다. 그럼에도 불구하고 나는 열심히 살아갈 것이다. 현재의 신디리는 10년 뒤의 일은 걱정하지 않기로 한다. 미래의 신디리가 알아서 잘해 줄 것을 믿어 보는 거다. 10년 뒤에도 강의를 하고, 책을 읽고, 소설을 쓰고, 운동을 하고, 내 몸에 좋은 것을 먹으려고 노력할 것이다. 늙어 갈 용기를 가지고.

10.

잘 늙고 있는가

"아는 있나?"

"아니요. 없어요."

"뭐? 아를 안 낳았다고?"

알아들었지만 다시 묻는 것은 내가 세 번째로 싫어하는 것이다.

"네."

"아이고, 참내, 왜?"

왜라는 의문사는 자기 자신에게 향하게 될 때 매우 중대한 단어다. 아니, 위대한 어휘다. 하지만 남에게 사용할 때는 조심스럽게 사용해야 하는 말이라고 생각한다.

"서로 안 낳기로 했어요."

"아이고, 이래 좋은 세상에 아를 안 낳는다고?"

"지금이 좋은 세상이에요?"

"코로나 때문에 지금은 아니래도 이렇게 실컷 먹고, 잘사는데 아를 안 낳아? 그러니까 우리나라에 인구가 모자라 외국 여자들을 데리고 와서 결혼시키고, 일할 사람이 없어 외국 사람들 일 시키지."

좁은 사고를 하고 있으면서도 알아차리지 못하고 큰소리치는 사람과는 실랑이를 벌이지 않기로 한다. 대답은 '네', '아니요' 단답형으로 한다. 꼰대 발언은 내가 이 세상에서 두 번째로 싫어하는 것이다. 계속 자기 할 말만 한다. 지난번에 만나서 이야기했던 것들, 며칠 전에 전화해서 말했던 것들을 반복한다. 반응이 없으면 수시로 '안 그렇나?' 하고 동의를 구한다. 이런 사람들과 이야기하는 것은 아주 힘이 든다.

이분은 아빠의 친구다. 13년 전쯤 울산에 살던 나에게 선을 주선하신 적이 있다. 소개받으러 나온 남자는 아저씨 분위기를 물씬 풍겼고, 대화도 통하지 않았다. 아빠 친구는 소개남이 어느 대학의 교수고, 집이 어디에 몇 평짜리가 있는데 시어머니만 잘 모시면 되니까, 나는 몸만 들어가서 살면 된다고 강조했다. 다행히 나는 8년 전에 천생연분을 만났다.

2년 전쯤 아빠 친구가 집 정리를 하다가 내 명함을 보게 되었다며 전화를 걸어 왔다. 그때 나는 강의 때문에 그분이 사는 곳 근처에 있었다. 그렇게 급하게 만나게 되었다.

이 대목에서 어떤 친구는 아빠 친구를 왜 만나냐며, 딸이 아빠 친구를 만난다는 자체를 이해하지 못하겠다는 데 변명을 해 보겠다. 나는 호기심이 많다. 일단 뭐든 경험하고, 누구든 만나 보는 것을 선호한다. 그런 것들이 소설을 쓰는 데 엄청난 도움이 될 것이고, 이런 자잘한 에피소드들이 강의의 스토리텔링 예시가 되어 주기 때문이기도 하다. 어떤 사람이든 극적인 경험을 해 보지 않은 사람이 없고, 누구든 자신의 극적 경험을 공유하기를 원하기 때문에 새로운 사람을 만나는 것은 극적인 간접경험을 할 수 있는 기회다. 그것이 나를 성장시킨다고 믿는다.

아빠 친구분은 고향 사람을 만난다는 마음에 아내와 아들과 함께 차를 끌고 왔다. 대구뿔찜에 소주를 곁들이면서 그동안 있었던 일, 우리 아버지가 돌아가셨다는 걸 나중에야 알게 된

사연, 젊었을 때 우리 아버지랑 있었던 일들을 이야기했다. 나도 아빠의 몰랐던 모습을 전해 들으면서 즐거운 시간을 가졌다. 딱 거기까지였다. 그렇게 헤어져야 했다. 하지만 아빠 친구와 그 아들은 노래방에 가자고 재차 제안했다. 멀찍이서 아빠 친구의 아내가 내게 손으로 엑스 표시를 보내 왔다.

"니 보는 게 너 아빠 보는 거 아니라! 그자? 고향 사람 만나는 게 얼마나 좋노?"

"오늘은 그만 헤어지고 다음에 고향 친구가 하는 식당에 같이 가요."

실수였다. 그렇게 말한 게 화근이었다. 아빠 친구는 이틀에 한 번씩 전화를 걸어왔다. '내 지금 고향 사람이랑 같이 있는데 나올 수 있나?', '고향 사람 중에 니 또래인데 창원에서 교수하는 사람이 있는데 소개시켜 줄 테니 같이 가볼래?', '지금 너네 집 근처에 볼일 보러 왔는데 저녁 사 줄 테니 나온나.' 이런 돌발적인 전화들이었다. 거절하면 끈질기게 설득을 했다. 거절하는 이유를 조목조목 묻는다. 오늘은 고향 친구가 운영하는 식당에 가자고 전화가 왔는데 강의 준비하느라 도저히 시간이 안 난다고 발뺌을 하고 나서 나눈 대화가 맨 앞의 내용이다.

아빠 친구가 건 전화는 언제 끊길지 모른다. 나는 핑계를 대면서 먼저 끊을 수 있는 줏대가 없다. 쓸데없이 통화를 오래 하는 것은 내가 세상에서 가장 싫어하는 것이다. 가끔 여러 교육과정에서 만난 지인한테서 전화가 오면 겁이 난다. 이 사람은 정말 말이 많은데…. 말이 많은 사람과 앉아 있으면 골치가 아프다. 그런 사람들은 꼭 운전할 때 전화를 한다. 내가 무슨 심심풀이 땅콩이나 되는 것처럼. 이 전화를 받았다가는 한 시간이 후딱 지나갈 텐데. 지금은 안 받고, 나중에 내가 걸더라도 통화가 길어질 텐데. 걱정이 태산이 된다.

대단한 날이었다. 내가 세상에서 가장 싫어하는 첫 번째, 두 번째, 세 번째 것들을 모두 겪었으니. 아빠 친구는 꼰대 발언을 계속했고, 내 대답을 제대로 경청하지 않고 똑같은 질문을 해 댔다. 멍 때리면서 생각해 봤다. 내가 우리 조카들한테 이렇게 하고 있는 건 아닌지. 조카들이 나와 통화하고 나서 지금 나 같은 심정에 빠지는 건 아닌지. 걔들에게 나는 꼰대 발언 하는 주제에 오랫동안 통화하는 이모가 아닌지. 대답을 들어 놓고도 다시 물어보곤 하지 않는지. 아빠 친구에게서 내 모습을 봤기 때문에 마음이 불편한 것 같다는 생각이 든다.

우리가 제대로 늙어 가고 있는지 수시로 점검해야 한다. 나는 내가 싫어하는 세 가지 위주로 체크를 해야겠다. 내가 심심하다고 누군가에게 전화를 걸어 한두 시간 통화하지 않아야 할 것이다. 그리고 쓸데없는 말을 하는지, 너무 말이 많은 건 아닌지, 다른 사람 말을 집중해서 듣고 있는지 알아 차려야겠다. 내가 싫어하는 행동을 하는 사람이 왜 그렇게 되었을까도 성찰해 보아야 할 것이다. 제대로 늙어 가기 위해 끊임없이 고민해야 한다.

병(病)

인생의 자명종

1.

마음 다이어트

선진국일수록 뚱뚱한 사람들이 가난한 경우가 많다. 그들은 고칼로리 인스턴트식품들을 많이 먹는다. 햄버거나 라면 등으로 끼니를 때운다. 싸기 때문이다. 반면 부자들은 날씬하고 영양 상태도 좋다. 유기농 야채나 과일 같은 음식들을 사 먹을 수 있다. 그래서 비만은 '가난병'이라고도 불린다.

체내에 지방 조직이 과다한 상태를 비만이라고 한다. 공식적인 비만 측정 계산법이나 진단 기준을 몰라도 우리는 어떤 사람이 비만인지 아닌지 한눈에 알 수 있다. 뚱뚱한지 날씬한지 말이다. 사전에서는 지방을 '지방산과 글리세롤이 결합한 유기화합물'이라고 정의한다. 쉽게 말해 몸속에 기름 덩어리가 많은 것을 비만이라 하고 우리는 그것을 육안으로 확인할 수 있다.

현대사회에서 경제적 형편이 어려운 사람들은 마음이 불안하고, 여러 감정 찌꺼기들이 들러붙을 여지가 많다. 자본주의 사회에서 부유한 사람들은 경제적으로 여유로워 심리적으로도 안정적이다. 분노나 슬픔, 열등감, 외로움과 같은 부정적 감정을 쌓지 않을 확률이 높기 때문에 비만해질 가능성이 낮다. 신해철이 아래에 언급한 것처럼 말이다.

"경제적으로 잘사느냐 못사느냐가 우선 문제지만, 그럼으로 인해 잘사는 놈은 마음이 여유로워지고 태도가 세련돼지며 멘트가 멋지구리하게 되고, 그에 반해 못사는 놈은 늘 마음이 쫓기는 듯하고 태도가 옹색해지며 멘트가 신경질적으로 변하는 것은 그보다 더 큰 문제다."

　　　　　　　　　- 신해철, 《마왕 신해철》, 문학동네, 247쪽

나는 지방을 감정의 찌꺼기라고 정의한다. 내가 살이 쪘을 때는 마음 상태도 때가 끼었고, 살이 빠질 때는 마음도 가벼운 상태이기 때문이다. (거식증에 걸린 사람은 예외로 치자.) 어려서부터 비쩍 말랐던 나는 중학생이었을 때 친구들의 부러움을 사는 몸매를 가지고 있었다. 고등학교에 입학하면서 세 살 터울인 언니의 고등학교 교복을 물려받았다. 치마 허릿단을 한 뼘이나 줄여 입었다. 고1부터 급격히 떨어지는 성적 때문에 스트레스가 심했다. 저녁을 실컷 먹고 나서도 허기가 가시지 않았다. 매일 비스켓을 사 먹고, 주말에는 도서관 가는 길에 꼭 빵집에 들러 빵을 사먹었다. 고2 올라가면서 줄였던 치마 허릿단을 반 뼘 늘렸다. 고3 올라가면서 원래 언니가 입던 치수보다 2cm 정도 더 늘려 입었다. 졸업할 즈음에는 후크가 잠기지 않아 지퍼를 반쯤 열어서 허리 부분을 접어 다녔다. 그래서 치마는 항상 왼쪽 부분이 쑥 올라가 삐딱했다.

살이 찌는 것은 내 마음이 불안하거나, 답답한 곳이 있거나, 화가 많거나, 슬픔, 죄책감, 열등감, 애정결핍 등 감정의 찌꺼기가 쌓였다는 반증이다. 오랜만에 만났는데 살이 찐 사람을 보면 그동안 심적으로 힘든 일이 있었다는 것을 짐작할 수 있다. 살이 좀 빠진 사람을 보면 일이 잘 풀리거나 마음 홀가분하게 잘 살아왔다고 보면 거의 맞다. (갑자기 너무 많이 빠진 것은 예외다.) 일이 너무 힘들어서 살이 빠졌다 하더라도 육체노동

덕분에 마음 상태는 나아졌다고 할 수 있다. 고전평론가 고미숙은 그것이 '몸을 많이 쓰면 마음이 편하고, 몸을 쓰지 않으면 마음이 비대해져 병이 되는 이치다.*'라고 했다.

백내장은 눈에 지방이 낀 것이라고 알려져 있다. 눈에 찌꺼기가 낀 것이다. 한의학에서 눈은 간과 연결이 되어 있는 火와 관련이 많은 신체 부위다. 즉 백내장은 눈에 분노의 기운이 낀 것이라 할 수 있다. 수술을 하고 나서도 계속 재발하는 이유가 무엇이겠는가. 지방이라는 눈에 보이는 현상만을 제거했기 때문이다. 마음속 분노는 여전하기 때문에 그 분노덩어리가 다시 눈에 모인다. 따라서 내 안의 분노가 사라지면 백내장도 치유되는 것이다.

예전에는 장바구니를 들고 시장을 보러 다니고, 누군가를 만나 볼일을 보고, 두 다리를 사용해 이동을 했다. 요즘은 몇 발자국 안 가 편의점이 있고, 차로 대형마트에 가서 장을 본다. 혹은 인터넷으로 물건을 사기 때문에 현관 앞에 놓인 택배 상자를 뜯기만 하면 된다. 또 일터에서는 화상 미팅이나 전화, 이메일로 문제를 해결하고, 굳이 외출을 해야 할 때는 자가용이

---

* 고미숙, 《조선에서 백수로 살기》, 프런티어, 2018.

나 대중교통으로 이동하기 때문에 대부분의 사람들이 운동 부족이다.

그러나 부자들은 1:1 피티를 받고, 필라테스나 수영 등 일부러 운동을 한다. 그들은 장바구니 대신 돈을 지불하면서 캐틀벨이나 바벨을 들기 때문에 살이 찔 확률이 줄어든다. 일부러 야식을 챙겨 먹지 않는다면 말이다.

물론 부자들 중에서도 살이 찌는 사람들이 꽤 있다. 그런 경우 감정의 찌꺼기가 많이 쌓였기 때문에 야식을 먹고, 폭식을 하고, 술을 자주 마시고, 기름진 음식을 좋아하는 경우가 많다. 마음이 안 좋을 때 단 것이 당기고, 술이 당기고, 음식이 당기는 법이다. 운동도 하고 싶지 않다. 움직이기 싫고 아무 생각 없이 TV나 유튜브만 보게 된다. 마음속 감정의 찌꺼기가 별로 없을 때 운동이 하고 싶고, 뭔가 새로운 것을 시도하고 싶어진다. 배불리 먹지 않아도 마음이 허하지 않다.

이번 글을 요약하자면 지방은 감정의 찌꺼기라는 것이다. 비만인 사람을 보면 그만큼 삶에서 상처받은 감정들이 있다고 보면 된다. 내가 뚱뚱하다면 내 안에서 어떤 나쁜 감정들이 나를 지배하고 있는지 고민해 보자. 그것을 일단 알아차리고 인정해 주자. 그 마음을 위로해 주자. 그런 다음 최대한 건강한 음식을 골라 먹고 운동을 하기 위해 노력하자. 운동은 하루를 짧게 만들지만 인생을 길게 만들어 줄 것이다. 운동을 위해 시간을 내지 않으면, 병 때문에 시간을 내야 될지도 모른다. 내 속의 상처받은 감정들을 어루만져 줄 때 비로소 그것들이 나에게 작별 인사를 하러 와 안녕을 빌어 줄 것이다. 마음 다이어트를 먼저 하자.

2.

잠 줄이기 = 수명 줄이기

"행복은 충분한 수면으로 이루어져 있다. 오직 충분한 수면,
그 이상 그 이하도 아니다."

(Happiness consists of getting enough sleep. Just that,
nothing more.)

- 미국의 소설가, 수필가, SF작가

로버트 앤슨 하인라인(Robert A. Heinlein, 1907~1988)

하루 권장 수면 시간은 8시간이다. 지구의 70억 인구 대부분
이 하루 24시간 중에서 8시간은 잠을 자고, 8시간은 일을 하고,
나머지 8시간 동안 밥을 먹고, 쉬고, 노는 것이다. 하지만 많은

사람들이 잠자는 8시간에 다른 활동들을 끼워 넣는다. 잠자는 시간을 줄여 일을 하고, 놀고, 먹고, 자기계발을 한다. 그만큼 잠자는 시간을 무시하는 것이다.

나 역시 그랬다. 그래도 되는 줄 알았다. 고등학생 때부터 6~8시간이나 자는 나를 자책하느라 힘이 들었다. 아침형 인간이 될 수 없다는 걸 내 무의식은 잘 알고 있었다. 하지만 수많은 오픈채팅방, SNS, 유튜브와 책이 내 의지력이나 습관을 탓하게 만들었다. 43년 동안 그렇게 속고 살았다.

재작년에 매슈 워커의《우리는 왜 잠을 자야 할까》라는 책을 만나고 나서 '자유'를 얻었다. 아침형 인간이 되려는 노력이나, 되어야 한다는 갈망을 온전히 없앨 수 있었다. 오히려 충분히 잠을 자고 일어난 나를 칭찬할 수 있게 되었다.

안타깝게도 인간은 일부러 수면 시간을 줄이는 유일한 종이라고 한다. 수면 시간이 8시간에 못 미치면 면역계가 손상되고 암에 걸릴 확률이 2배나 높아진다. 수면 부족은 혈당수치를 교란시켜 당뇨병을 일으킬 수 있고, 관상동맥이 막히고 심혈관질환, 뇌졸중을 유발한다. 이 책은 많은 논문과 임상 자료를 내세워 모든 병의 근원이 수면 부족임을 밝히고 있다.

너무 많이 들어서 진부하기도 한 '잠은 보약이다'라는 말은 분명한 팩트였다. 실제로 충분한 수면을 취하지 못하면 각종 질환에 걸릴 위험이 증가한다는 사실은 여러 연구로 밝혀졌다. 미국 캘리포니아대학과 샌프란시스코대학의 공동 연구팀은 미국 전국보건영양조사의 2005~2012년의 빅데이터를 분석해서 평균 연령이 46세인 남녀 2만3000여 명을 추출했다. 그런 후 이들의 수면 시간과 각종 감염질환 여부를 조사했다. 그 결과, 수면을 5시간 미만 취하는 사람들은 감기 외에도 중이염, 폐렴 등에 걸리는 비율이 충분하게 잠을 자는 사람들에 비해 80%나 높았다. 또한 수면 장애를 겪는 사람들이 감기에 걸리는 비율이 30% 많았고, 다른 감염 비율도 2배나 증가하는 것으로 나타났다.[*]

매일 4시간 이하 수면은 사망으로 가는 지름길 1위라고 한다. 심장, 심혈관계, 면역에 치명적인 피해를 줄 수 있는 것이다. 고등학생 때부터 주로 2시간 정도 자던 깍지가 20대 중반에 자가면역질환으로 6개월 시한부 판정을 받을 수밖에 없었던 이유를 확실히 알게 되었다. 다행히 깍지는 죽을 날짜였던

[*] 출처 : https://health.chosun.com/site/data/html_dir/2017/08/04/2017080401557.html

6개월을 넘기고, 나를 만났다. 나를 만난 이후로 매일 7~8시간 잔다. 아직 하루에 10번씩 대변을 보고, 자주 복통과 두통에 시달리지만 아주 서서히 줄어들고 있다. 그렇게 자주 꾸던 악몽도 이제 한 달에 두세 번으로 줄어들었다.

잠에는 두 종류가 있다. 몸은 자고 있지만 뇌는 깨어 있는 상태인 렘수면(REM: Rapid Eye Movement sleep)과 그렇지 않은 비렘수면(non-REM sleep)이다. 보통 우리는 깊이 잠드는 비렘수면이 중요하다고 알고 있지만 얇은 잠인 렘수면도 중요하다. 렘수면은 영어 뜻 그대로 안구가 빠르게 움직이는 동안의 잠이다.

눈이 빠르게 깜빡거리는 순간, 우리는 꿈을 꾸고 있을 것이다. 사람은 항상 꿈을 꾸지만 기억하지 못할 뿐이라고 한다. 꿈은 뇌나 영혼(生-1)이 낮에 겪었던 안 좋은 경험, 불안, 불화, 답답한 심정을 무의식 차원에서 여러 각도로 재해석하는 상황이다. 뇌 속에서 얼마나 엄청난 일들이 벌어지고 있는 걸까. 실컷자고 나면 어제의 상황이 덜 괴롭고, 살 만해지는 경우가 많다. 정신적으로도 잠은 보약인 것이다. 실제로 주위에 우울증이 있거나 정신과 약을 복용하고 있는 사람들을 보면 잠을 제대로 자지 못한다.

145

매일매일 잠들면서 죽는 연습을 한다는 이야기는 흥미롭다. 잠이 들면 다른 세상에서 실컷 살다가 깨어날 때쯤 원래의 삶으로 돌아갈 거냐고 묻는다고 한다. 예라고 답하면 우리는 잠이 깬다. 노라고 답하면 깨지 않고 꿈속의 삶을 살게 된다. 현실에서는 수면 중 돌연사하는 것이다. 대부분의 사람들이 깨어나고 싶지 않은 현실에서 잠이 들었으면서도 예라고 답하는 건 그만큼 아직은 살아갈 힘이 남아 있다는 것, 현실에 미련이 있는 것이라고 한다.

그리고 가장 중요한 것은 깨어나기 전에 그동안 꿈속에서 겪은 일들을 말끔히 잊게 한다는 것이다. 지난밤에 잠들고 오늘 아침에 일어나는 것이 당연하다는 듯이 느끼는 이유다. 하룻밤의 잠이 《구운몽》의 주인공, 성진처럼 아주 오랜 세월 살다 나왔다는 걸 상상이라도 할 수 있을까. 혹은 지금 내가 살고 있는 평생이 하루치 잠, 그러니까 《구운몽》의 양소유는 아닐는지. 인간이 잠을 자는 이유, 꿈의 비밀이 밝혀지는 날은 과연 올까.

우리는 매일 8시간 정도 자야 한다. 그게 몸이든, 마음이든 우리를 치유할 수 있는 적정시간이다. 매슈 워커의 《우리는 왜 잠을 자야 할까》란 책을 꼭 읽어 보기 바란다. 특히 잠은 줄여도 된다고 생각하는 독자가 있다면 일 초도 지체하지 말고 읽어야 한다. 현대인들이 병원비, 각종 약값, 보충제로 수많은 돈을 쓴다고 보면 이 책이 웬만한 재테크 서적보다 많은 돈을 벌게 할 것이다.

3.

'왜 놈'이 되지 말자

최근 '꼰대'라는 말이 자주 들린다. 꼰대는 권위적인 사고를 가진 어른을 비하하는 학생들의 은어인데, 지금은 학교에서뿐만 아니라 일터나 가정에서도 다반사로 쓰는 어휘가 되었다. 꼰대는 '나이가 많다는 이유만으로 자신의 생각이 옳다고 생각하는 사람'을 가리킨다. 나이가 들어가면서 꼰대 지수를 수시로 점검해야 할 것 같다. 그렇지 않으면 우리 자녀 세대와 교류하지 못하고, 외롭게 늙기 십상이니까.

깍지가 해운대에 있는 한 헬스장에서 트레이너로 일할 때 일이다. 깍지는 약 부작용으로 머리카락이 너무 많이 빠져 다 밀어 버렸다. 쌍꺼풀이 워낙 진하고, 코도 높아서 외국인처럼 보이기도 한다. 그런데 하루는 60대 남자회원이 다가오더니 대뜸 "그거 멋있는 거 아니에요!"라고 하더란다. 깍지는 무슨 말인지 몰라 "예?" 하고 반문했더니 "그 머리요! 그게 멋있다고 생각해요?" 나는 나중에 그 말을 듣고 '저는 2차성 레이노드 증후군이란 병이 있어서 머리카락이 다 빠져 버린 겁니다'라고 말해 버리지 왜 아무 말 못 했냐고 화를 냈다. 놀랍게도 이건 실화다. 그 회원이 얼마나 헬스장의 트레이너를 우습게 보는지 엿볼 수 있다.

나 역시 강사가 되기 전, 백화점 스포츠센터에서 트레이너로 잠시 일할 때 비슷한 경험이 있다. 회원들은 대부분 교수, 의사, 약사, 기업체 사장 등 경제적으로 부유한 사람들이었다. 나는 트레이너로 일하면서 직장 다닐 때의 10분의 1도 안 되는 월급을 받았지만 색다른 경험이어서 좋았다. 세미 정장이 아니라 운동복으로 출근하고, 책상에 앉아 있는 일이 아니라 돌아다니면서 일하고, 조선소가 아니라 백화점 꼭대기에 있는 헬스장으로 일 나가는 기분이 아주 좋았는데 꼰대 발언을 하는 나이 든 회원들 때문에 하루하루가 급속도로 우울해졌다. 나이도 많은데(당시 37세였다.) 여기서 이러고 있으면 어떡하나, 다른 일자리를 알아봐라. 트레이너는 희망이 없다. 이 일로 어떻게 먹고 사느냐' 같은 말들을 반말로 지껄이는 것이다.

나는 헬스장에 나이 든 트레이너가 많아지기를, 정말 똑똑한 트레이너가 많아지기를, 트레이너도 한 개인으로 존중할 줄 아는 회원이 많아지기를, 반말하는 회원이 없어지기를 희망한다. 이 글을 읽고 있는 당신은 혹시 헬스장, 식당, 커피숍에서 서비스하는 직원에게 반말을 사용하는가? 그렇다면 당신은 꼰대다.

"왜 아직도 결혼 안 하니?"

"아직 결혼 안 한 특별한 이유가 있니?"

주로 어떻게 질문을 하는가? 비슷한 문장이지만 많이 다르다. 주로 '왜'라는 의문사를 많이 사용하는 사람들의 특징이 있다. 자신이 옳다고 전제할 때가 많다. '왜'가 들어간 문장을 본인에게 사용하면 매우 창조적일 것이다. 내 생활을 획기적으로 개선할 수 있다. 하지만 '왜'라는 의문사를 남에게 많이 사용하는 사람들은 주의를 기울여 보아야 한다.

"왜 아이를 안 가져요?"

"왜 대학교를 안 갔어요?"

"왜 아직도 그걸 안 했니?"

"왜 그렇게 했어?"

나도 '왜'라는 의문사를 남발하며 살았다. 그게 좋은 거라고 생각했다. 남에게 관심이 많으니까, 나는 호기심이 강한 사람이니까. 그렇게 질문하는 것이 상대를 피곤하게 만든다는 사실을 깨닫지 못했다. '왜'라는 질문 뒤에는 자기만의 고정관념이 숨겨져 있는 경우가 많다.

"왜 아이를 안 가져요? (아이를 가지는 것이 당연한데.)"

"왜 대학교를 안 갔어요? (대학교를 안 가는 사람은 별로 없는데.)"

"왜 아직도 그걸 안했니? (그걸 해야 하는 게 마땅한 거 아니야?)"

"왜 그렇게 했어? (그렇게 하지 않았어야 하는 거 아니야?)"

'왜'가 들어가는 의문형을 남에게 많이 쓴다면 내가 사회의 통념과 고정관념을 너무도 당연시 여기는 꼰대가 아닐지 의심해 보아야 한다.

① 왜 방을 치우지 않니? → 방을 깨끗이 유지하는 것이 당연하다.(빌 게이츠는 방이 엄청 어질러진 상태로 지냈다고 한다.

하지만 빌 게이츠의 어머니는 야단치지 않았다.)

② 왜 계속 게임만 하니? → 계속 게임만 하면 안 된다.(계속 게임만 해서 실시간 방송하는 멋진 유튜버들이 돈도 잘 벌고 행복하게 사는 세상이 되었다. '깝도이'는 깍지가 좋아하는 스타크래프트 유튜버인데, 실시간 채팅창에 올라오는 글을 읽으면서 깝도이 말을 듣고 있으면 8090년생들이 인생을 살아가는 멋이 느껴진다. 멋진 인플루언서다.)

③ 왜 자꾸 술을 마시니? → 술을 마시는 것은 옳지 않다.(술을 마시는 근본적인 원인을 물어보라. 술을 마시는 현상만이 궁금한 게 아닐 테니까.)

④ 왜 그렇게 유튜브만 보니? → 유튜브만 보며 시간을 보내는 것은 나쁘다.(유튜브 보는 것보다 더 재미있는 일을 찾지 못해서 그렇다. 어릴 때 야외에서 실컷 놀아 준 경험이 얼마나 있는지 생각해 보라.)

⑤ 왜 아직도 결혼 안 하니? → 나이가 들면 결혼하는 게 당연하다.(궁금하다면 '결혼을 하지 않는 특별한 이유가 있니?'라고 조금 완충되는 표현을 사용해 보라.)

나 역시 서른 중반이 되면서 '왜 아직도 결혼 안 하고 있냐?' 는 질문을 얼마나 많이 받았는지 모른다. 설날 덕담으로 '올해 는 시집가야지'라는 말도 자주 들었다. 20대 초반에는 무조건 시집가던 시대와 너무 달라진 요즘 그런 소리를 하면 꼰대라는 말을 듣기 쉽다.

일단 나도 꼰대일 수 있다고 인정해 봤다. 그랬더니 놀라운 변화가 일어났다. 그전에는 알아차리지 못했던 내 속의 꼰대 패 러다임이 보이기 시작한 것이다. "어느 대학 다니는데?" 이 질 문이 꼰대 질문이라는 것을 알아차리는 데 오랜 시간이 걸렸다. 순수하게 궁금해서 묻는다고 생각했으니까. 가만 생각해 보면 고등학생이나 중학생을 만날 때는 '무슨 고등학교 다니냐, 무슨 중학교 다니냐' 묻지 않았다. 말해 봤자 집 근처 학교나 지명을 딴 학교를 다닐 거라 생각해서 궁금하지 않았기 때문이다.

대학교는 달랐다. 공부 잘하는 아이들이 들어갈 수 있는 대 학교와 대충 공부해도 들어갈 수 있는 대학교를 나누어 놓고, 대학교에 따라 그 아이가 성실한지, 똑똑한지, 대우해 줘야 할 지, 편하게 대해도 될지를 정하고 있었다. 의외로 좋은 대학교 에 다니고 있으면 내 태도가 바뀌었다. 그저 그런 대학교에 다니고 있으면 편하게 대했다.

　나는 절대 꼰대가 아니라고 생각하는 독자가 있다면 일단 '나는 꼰대다'를 열 번 소리쳐 보라. 일단 나도 꼰대일 수 있다고 가정한 후 생활해 보면 엄청난 사고 전환이 일어날 것이다.

4.

그건 니 생각이고

꼰대와 비슷하면서도 결이 조금 다른 '내가 옳다는 생각'에 대해 이야기해 보자. 우리는 다른 사람들에게 편견을 가지지 말아야 한다는 것을 잘 알고 있다. 그런데 그게 참 안 된다. 이유가 뭘까? 자신의 생각이 옳다고 믿기 때문이다. 자신이 모른다는 사실을 모르기 때문이다. 그래서 소크라테스가 '너 자신을 알라'고 하지 않았는가. 무지(無知)는 삶에서 고통을 일으킨다.

불교에서는 우리 삶에 고통을 일으키는 근본적인 번뇌 세 가지를 탐, 진, 치(貪瞋癡)라고 한다. 욕심 부리는 것(貪), 화내는 것(瞋), 무지한 것(癡)이 우리를 고통에 빠뜨린다. 더 무서운 것은 탐진치가 자기뿐만 아니라 주위 사람까지도 고통스럽게 만든다는 것이다. 그중에서 무지로 인한 괴롭힘이 가장 심각하다. 왜냐하면 우리는 욕심내고 화내는 것이 남에게 피해를 준다는 사실을 쉽게 자각할 수 있지만 무지는 그것을 전혀 인지하지 못하기 때문이다.

4년 전 김영하 작가의 부산 강연을 들은 적이 있다. 김영하 작가가 초등학교 때 짝꿍이 고아원에서 등교하던 고아였다고 한다. 작가는 짝을 도와주고 싶어서 어린이날에 다른 아이들과 돈을 모아 학용품을 사서 몰래 그의 책상 서랍에 넣어 두었다. 선물을 보고 기뻐할 얼굴을 떠올리면서 말이다. 그런데 선물을 발견한 친구는 너무나도 실망스러운 표정으로 '이런 거 안 줘도 된다'고 말했다. 그는 김영하 작가의 걱정을 원하지 않았다. 그 아이를 친구가 아니라 고아로 대하고 있었다는 것을 김영하 작가는 그때서야 깨우쳤다고 한다. 자기가 무지했다고 고백했다. 무지는 남에게 피해를 주지만 자신이 피해를 주고 있다는 사실을 알아차리기 힘들다. 본인은 최선이라고 생각한 것이 타인에게 엄청난 상처를 줄 수 있는 것이다.

1990년대 최고의 인기를 끌었던 '클론'이라는 남성 2인조 댄스 가수가 있다. 클론의 멤버 강원래는 2000년, 오토바이를 타고 가다가 불법 유턴한 차량과 충돌해 하반신 마비가 되었다. 그는 한 인터뷰에서 가장 힘든 점이 뭐냐는 질문에 어르신들이 돈을 건네주는 것이라고 답했다. 휠체어를 타고 다니는 강원래가 톱스타 가수였다는 것을 모르는 나이 많은 할머니, 할아버지들은 장애인에게 적선하는 것이 선행이라 생각하며 돈을 내밀었을 것이다. 자신이 다른 사람을 괴롭게 할 수 있다는 것을 알지 못하는 무지. 자신의 행동이 온전하게 선하다고 믿는 무지를 경계해야 한다.

드라마와 연극을 좋아하는 사람이라면 〈옥탑방 고양이〉를 알 것이다. 2001년 김유리 작가의 소설을 원작으로 하는 작품이다. 소설 《옥탑방 고양이》는 김유리 작가가 스물네 살에 남자친구와 동거한 내용을 담은 작품인데, 당시에 큰 화제가 되었다. 2001년은 결혼을 하지 않고 같이 사는 것이 속칭 '돼먹지 않은 일'이었기 때문이다. 김유리 작가는 〈아침마당〉에 출연한 뒤에 이런 일을 겪었다고 한다. 어느 주말, 시장에서 어묵을 사 먹고 있는데 한 모녀가 뚫어지게 쳐다보고 있었다. 작가와 몇 번 눈이 마주치자 슬그머니 다가오더니 이렇게 물었다.

"저, 혹시 〈아침마당〉에 나온 작가분이세요?"

김유리 작가는 자기를 알아봐 주는 독자가 있다는 사실이 무척 기뻤다. 그런데 그것도 잠시, 김유리 작가에게 대뜸 한다는 말이 "그거 부모님도 알아요?" 였다. 여기서 그거란 동거를 말한다.

"네, 알아요."

"그거 자랑이 아니에요."

"……."

김유리 작가는 먹고 있던 어묵에서 짠맛을 강하게 느꼈다. 눈물이 하염없이 흘러내렸기 때문이다. 김유리 작가는 지금도 사회의 통념과 편견에 맞서서 글을 쓰고 있다. 각종 행사나 캠페인에 참여한다. 불의를 보면 참지 않고 페이스북이나 인스타에 감칠맛 나고 뼈 때리는 문장으로 많은 이들을 감동시키는 분이다.

자신이 옳다고 믿는 것이 틀렸을 수도 있다고 인정하는 일이란 쉬운 것이 아니다. 내 남동생은 나이 43세, 미혼남이다. 오랫동안 사귄 여자친구도 없고, 직장 생활은 해 본 적이 없다. 30대 초반에 서울에서 2년 정도 네트워크 마케팅을 하다 실패

했다. 이후 안산에서 고기 뷔페 식당을 하다가 몸도 축내고 돈도 다 잃었다. 몇 년 전에는 가상화폐 네트워크 마케팅까지 했었다. 그렇다. 지금 나는 남 걱정을 하고 있는 것이다. 동생이니까 팩트를 말하는 거라고 나도 착각을 했었다.

내 동생이니까 너무 걱정이 됐다. 제발 남들처럼 직장도 다니고, 네트워크 마케팅 같은 건 그만 하고, 여자 외모를 보지 말라고 조언을 했다. 이제 그 걱정을 접어두려고 한다. 동생은 본인이 옳다고 생각하는 인생을 살아가고 있다는 것을 최근에야 인정하게 되었다. 동생이 여자를 만날 때 외모를 우선시하는 것, 네크워크 마케팅 사업을 하는 것, 직장을 다니고 싶어 하지 않는 것. 이 모든 것은 동생이 선택하고 알아서 하는 일이다. 누나라는 이유로 그게 옳다, 그르다 말할 수 없다. 동생은 그런 말을 아예 듣고 싶어 하지 않았다.

부모도 마찬가지다. 성인이 된 자식에게 조언이나 충고는 조심스럽게 해야 한다. 자식이 요구하지 않은 것일 때는 더더욱 그렇다. 독서 강의를 가면 대부분의 질문이 "우리 아이가 어떻게 하면 책을 많이 읽을까요?"다. 이 질문 역시 남 걱정이라는 것이 느껴지는가? 자식이 책을 즐기도록 이끌고 싶다면 본인부터 그렇게 하면 된다. 본인이 책을 싫어하니까 자신을 똑 닮은 자식도 책을 멀리할까 봐 겁먹고 있는 것이니까. 남 걱정 그만하고 자신의 마음만 지켜보자. 내 배 속에서 나온 자식도 온전히 나와 다른 타인이라고 생각해야 한다.

아무리 친한 친구라도 다 자기만의 스타일과 가치관이 있다. 아무 생각 없이 자신의 의견이 다 맞는 양 말하는 사람들이 있다. 몇 년 전까지만 해도 내가 그랬다. 내가 생각하고 있는 것이 절대적이라 믿고 큰소리쳤었다. 진짜 무릎을 꿇고 사과하고 싶은 사람이 몇 명 있다. 지금도 그렇게 하고 있는 건 아닐까. 매 순간 나를 돌아본다.

자신의 생각을 굳이 말하고 싶다면 부드럽게 말하는 기술을 익혀야 할 것이다. 이 책에서 내가 옳다고 생각하는 것들을 너무 강압적으로 말했다면 진정으로 사과한다. 앞으로 계속 고쳐나갈 것이다.

5.

거지근성

남에게 '받으려고 하는' 기대 심리를 나는 '거지근성'이라고 부른다. 특히 내가 무언가를 줬으니까 돌려받겠다는 마음은 자기 자신을 가장 괴롭히는 심리라 할 수 있다. 준다는 행위가 오직 돌려받겠다는 전제하에 이루어진 것인 만큼 받은 사람을 괴롭히는 건 말할 것도 없이 당연하다. 하지만 무엇보다도 거지근성 때문에 본인이 괴로워진다는 걸 알아야 한다. 받으려는 마음은 현 상황을 못 받고 있는 것에만 초점을 맞춰 왜곡된 시너지를 내기 때문이다.

지하철 계단에 걸인이 모자를 거꾸로 받치고 엎드려 있다. 모자 안에는 천 원짜리 한 장과 동전 대여섯 개가 놓여 있다.

한 남성이 바지 주머니를 뒤적거려 천 원짜리 하나와 오백 원 짜리 동전을 떨어뜨린다. 그런데 걸인이 쨍그랑 소리를 들었을 텐데도 꿈쩍도 하지 않아서 남자는 화가 난다. 내가 적선하는데 고맙다는 말도 하지 않다니 괘씸한 마음이 든 것이다. 그런데 다시 생각해 보자. 이 상황에서 누가 정말 거지인가. 누가 더 받으려는 마음을 가지고 있는가?

그 남성은 적선을 한 것이 아니라 고맙다는 말을 듣기 위해 돈을 떨어뜨렸을 뿐이다. (고맙다는 말을) 받으려고 한 사람이 거지다. 우리는 적선할 수 있는 기회를 준 사람에게 고마워하면서 돈을 건네야 한다. 누군가에게 뭔가를 줄 때는 항상 유념하자. 당연히 고마워하면서 받을 거라 생각하지 말자.

지인 중 한 명이 명절에 남동생네 집으로 고급 사과 한 박스를 선물로 보냈다고 한다. 그런데 올케가 고맙다는 전화를 해오지 않아서 너무 화가 난다고 했다. 물론 선물을 받으면 고맙다고 인사하는 게 예의다. 하지만 그래야만 하는 의무는 없다. 아마 올케는 시누이에게 무언가를 받고 싶은 마음이 아예 없었을 수도 있다. 남동생과 그 지인과의 사이가 좋지 않을 수도 있을 것이다. 그래서 받는 게 불편했을 수 있다.

만약 선물을 받지 못한 건 아닌지 걱정이 된다면 조심스레 전화를 해 보면 된다. 혹시 받았냐고, 맛있게 먹으라고 말이다. 그 지인은 순수하게 남동생과 올케와 조카들이 사과를 먹고 건강해지기만을 바라면서 선물을 한 게 아니다. '내가 너희들에게 이렇게 우호적이니 너희도 그만큼 답을 하라'는 보이지 않는 무언의 폭력을 행사한 것이다.

한국의 많은 부모들도 이런 거지 근성을 가지고 스스로를 괴롭힌다. 물론 자식은 더 괴롭다. '내가 너를 낳아 키웠으니 내가 늙으면 네가 나를 부양해야 한다.' 아니, 늙어서 보살핌을 받으려고 자식을 낳아 길렀단 말인가? 진짜 그렇게 생각한다면 그것은 너무나도 이기적이다. 진짜 부모라면 아이의 '존재' 자체로 아이를 사랑하고, 사회의 일원으로 건강하게 지내는 것만으로도 기쁘지 않을까.

'내가 너를 어떻게 키웠는데, 나를 이렇게 대하냐?' 제대로 키웠다면 자식이 부모를 섭섭하게 대할 리가 없다. 분명 당신이 지금 섭섭한 만큼 아이가 어렸을 때 아이를 서운하게 대했을 것이다. 사랑하는 마음이 충분히 느껴질 만큼 키운 것이 맞는지 한번 생각해 보자.

'어떻게 이렇게 전화를 안 하냐' 내지는 '왜 이렇게 자주 안 오냐'는 말도 받으려는 마음만 가득한 말이고 약간은 폭력적이기도 하다. 자식 목소리가 듣고 싶고, 얼굴이 보고 싶다면 부드럽게 말해 보자. '목소리가 듣고 싶으니 바쁘더라도 엄마한테 자주 전화해 줘', '네가 보고 싶으니 이번 주말에 들러 줄 수 있겠니?'라고 말이다. 자식에게 바라는 마음이 커질수록 불행해진다.

물론 반대 상황도 매한가지다. 자식도 성인이 된 후 부모에게 계속 뭔가를 바랄수록 힘들어진다. 부모 역시 고통스럽다. 서로 바라는 마음 없이, 서로에 대한 기대를 줄이면 오히려 더 살뜰하고 애틋해질 수 있다.

한 지인이 자식과 자주 다퉜는데 누가 '자식을 손님처럼 대해야 한다'는 소리를 듣고 깨달은 바가 많았다고 한다. 이후로는 자식들을 내 배에서 나온 딸, 아들이 아니라 손님처럼 대했더니 사는 게 더 재미있어졌다고 고백했다. 자식을 손님처럼 대해 보자.

30대 초반에 어머니가 이렇게 말씀하신 적이 있었다. "아빠 퇴직하시기 전에 빨리 결혼해라. 부조금이 많이 들어올 때 해야지." 나는 이 말이 우리 엄마 입에서 나왔다는 사실을 믿을 수 없었다. 자식의 인생을 돈과 맞바꾸겠다는 말이 우리 엄마 입에서 나오다니. 나는 엄마를 향해, 아니 어쩌면 세상을 향해 괴성을 질렀다. '내 인생을 송두리째 바꿀 어마어마한 선택'에 대해 함부로 말하지 말라고 말이다. 그날 이후 엄마는 다시는 결혼하라는 말을 하지 않았다. 어릴 때부터 꿈이 군인이었만큼 자기 주관이 센 김 여사님에게 어마어마한 임팩트를 준 사건이었다.

세상과의 관계에서도 받으려고만 하면 힘이 든다. 각종 경조사비 때문에 골치 아파하는 사람들이 많다. 돌려받기 위해서 형식적으로 하고, 계산을 철저히 하기도 한다. 나 같은 경우 내가 준 것에 대해 돌려받고 싶은 사람의 행사는 그냥 외면해 보려고 노력한다. 예의상으로도 하지 않는 것이다. 돌려받고 싶지 않을 정도가 되면 성의껏 봉투를 건넨다. 그러고 나서는 잊어버리는 게 속 편하다. 혹시 나중에 내가 결혼식을 하더라도 그 사람이 부조하지 않았다고 섭섭해하지 않으려고 말이다. 줬다는 것을 까먹었길 바라며.

준 것을 집요하게 기억하는 사람은 어떻게 보면 상당히 성가신 존재다. 집들이에 가서 현금을 주면 받은 사람이 나중에 까먹는다며 굳이 물품으로 주려고 하는 사람도 있다. 어떻게든 돈을 낮게 쓰겠다는 심보. 남에게 잊혀지지 않을 만한 부담감을 주겠다는 의지. 지금 당장은 필요한 게 생각나지 않는데 기어이 필요한 걸 말하라고 한다. 그러면 그냥 안 줬으면 좋겠다.

지난번 생일이나 집안 행사에서 내가 돈 얼마 줬는데 기억 안 나냐고 따지고 드는 사람이 있다. 그런데 자세히 살펴보면 그 사람은 자기가 준 것만 기억하고 받은 것은 기억하지 않는 경향이 있었다. 내 돈을 빌려 갔던 사실은 잊고 있었던 것이다.

우리는 불가에서 말하는 이른바 '무주상보시'를 해야 한다. 함이 없이 하는 거다. 받으려는 마음 없이 하는 것. 거지근성 없이 살아야 나도 행복하고 내가 사랑하는 사람도 행복하다. 사실 줄 때는 그 사람이 기꺼이 받아 주길 바라면서 눈치를 살펴야 하고, 받는 사람은 그 눈치까지 기꺼이 받아 주는 것이다. 우리는 베풀 수 있는 기회를 준 사람에게 고마워해야 한다. 인간은 받을 때가 아니라 줄 때 진정 행복하다.

6.

화를 죽이면
얼굴이 화사해진다

지금껏 나를 가장 화나게 했던 일을 꼽으라면 동생이 꼭 갚 겠다면서 300만 원을 꿔 갔는데 이후 일언반구도 하지 않았을 때였다. 당시 동생은 안산에서 고기 뷔페를 하고 있었다. 300 만 원이 급하게 필요하니, 1월 1일까지만 빌려달라고 했다. 식 당에서 돈이 벌리고 있으니까 신정에는 꼭 갚겠다고 했다. 물 론 고기 뷔페 식당을 차리는 비용도 나에게 빌린 돈이었다.

그렇게 몇 달이 흘러 나는 부모님과 신정 연휴를 보낼 겸 안 산에 갔다. 잠을 자고 일어나 신정이 되었지만, 동생은 300만 원에 대해 아무런 언급을 하지 않았다. 예상했던 대로 신정에 꼭 갚겠다는 말은 동생의 진심이 아니라 빌릴 때의 다급함이었다는 생각이 들었다.

나는 그날 오전, 시간이 지날 때마다 호흡이 가빠졌다. 신정이 다 끝나는 밤 11시 59분까지 기다리려고 했지만 나의 분노 게이지는 이미 100을 훌쩍 넘겨 버렸다. 더는 기다리지 못하고 동생에게 신정에 갚겠다던 300만 원은 어떻게 됐냐고 물었다. 동생은 '어?' 하며 잠시 당황한 표정을 짓더니 조만간 갚을 수 있다고 가볍게 대답했다.

순간 나는 이성을 잃고, "분명히 니가 신정이라고 그랬다. 니가 신정에 꼭 갚겠다고 해서 300을 꿔 줬는데 오늘이 신정인데 왜 내가 먼저 그걸 언급해야 하나? 니가 먼저 '오늘이 약속한 신정인데 어쩌지, 조금만 더 기다려 줄 수 있냐'고 물어봐야 하는 것 아니냐. 어떻게 빌려간 걸 새까맣게 잊을 수 있냐?"며 미친 년처럼 소리를 질렀다. 엄마와 아빠가 보고 있어서 더 크게 소리를 질렀다.

엄마가 그럴 수도 있다고 하고, 아빠가 신정이니까 참으라고 하는 말에 나는 폼페이를 집어 삼킨 베수비오 화산보다 더 폭발했다. "내 돈이 우습냐. 내가 쉽게 벌었다고 생각하냐, 신정에 꼭 갚는다고 했는데 신정에 갚겠다고 한 것조차 잊어버린 사람을 왜 내가 용서해 줘야 하나?"고 소리를 질렀다.

분노에 휩싸여 있을 때는 나 자신을 제어하는 것이 거의 불가능하다. '분노는 자신이 받은 무시에 대한 앙갚음을 하는 것'이라고 오스트리아 정신의학자, 아들러는 말했다. 나는 동생이 나를 무시해도 너무 무시한다고 느꼈다. 누나를 돈이 필요할 때 빌리고 돈이 생기면 갚고, 안 생기면 어쩔 수 없는 만만한 인간으로 생각하는 게 틀림이 없었다.

일단 내가 느낀 화를 풀어내야 했기 때문에(病-9) 나는 최선을 다해 동생을 욕했다. 안산에서는 부모님이 계셔서 실제로 욕을 못 했지만 혼자 집에 있을 때는 지금이 안산에서 보낸 신정이라고 생각하고 충분히 욕을 했다. '내가 니한테 다시 한 번 돈을 꿔 주면 개나리다, 18색깔 조카 크레파스야, 이렇게 약속을 개 세 마리같이 지키는 놈한테 내가 잘될 거라 기대한 게 십장생 같은 짓이었다. 제발 내한테서 떨어져, 조카 18세야.'

동생에게 돈을 또 꿔 주면 내가 개나리라고 다짐했지만 이후에도 자주 꿔 줬다. 1억이 조금 안 되는 금액은 10년 전 내가 자유로워지고자 동생에게 없는 것으로 하자고 제안했다. 받으려고 해 봤자 못 받을 것이고, 무엇보다 동생이 노름을 한 것도 아니고, 유흥을 해서 써 버린 것도 아니었다. 자기도 잘 먹고 잘 살려고 생고생을 하다가 잃어버린 돈이었다. 동생은 운이 없었을 뿐이라고 자위하고 나니 내가 살 만했다.

그리고 가만 생각해 봐도 그 돈은 내 돈이 아니었다. 세상이 잘 간수하라고 잠시 맡긴 것이었고, 그게 동생에게 갔다가 다시 다른 사람들에게 갔을 뿐이다. 내가 돈을 대하는 태도에 따라 돈은 몇 배, 혹은 몇십 배가 되어 나에게 돌아올 것이다. (老-1)

동생은 존재하는 자체만으로 나에게 힘이 되는 사람이었다. 나는 동생에게 '이렇게 살아야지'하고 바라는 것이 너무 많았다는 것을 미친 듯이 욕해대면서 깨달았다. 이전에도 그렇고 지금도 동생은 자기 나름대로 최선을 다해 세상을 살아가고 있다. 나는 동생보다 우월하지 않고, 내가 누나라는 이유만으로 동생을 나무라거나 충고할 수 없다. 동생이 뭘 하든 지켜보고, 응원할 뿐이다.

코로나 때문에 강의가 거의 없을 때 나는 마사지샵에서 일할 수 있는 기회를 얻었다. 중국 전통 마사지샵에 손님으로 갔다가 사장님께 마사지 기술을 배워 보고 싶다고 지나가는 말을 했는데 배우면서 6개월 정도 일해 달라는 것이었다. 워낙 새로운 일을 해 보고 싶어 했고, 수입도 반을 떼어 주는 형태라 마음에 쏙 들었다. 그런데 처음 두세 달 동안 천사 같던 사장님이 6개월이 다 되어갈 즈음 얼마나 분노가 많은 사람인지를 알게 되었다. 아들과 자주 몸싸움을 벌이고, 남편과는 3년째 말을 하지 않았다. 시누이와는 몸싸움 후 인연을 끊었다고 한다. 중국에 있는 친어머니와 남동생과도 연을 끊었다.

그녀는 나에게 마음이 안 드는 부분을 말할 때는 일단 큰소리부터 쳤다. 고객 관리 후에 말하면 되는데 화를 참지 못하고 손님이 관리 전 탈의실에서 마사지복으로 갈아입을 때 마음이 안 드는 것을 따지곤 했다. 그러면 나는 관리하는 80분 내내 신경이 쓰여 마사지 질이 떨어질 수밖에 없었다.

하루는 마사지 관리 시간이 80분보다 길어졌을 때의 가격이 합리적이지 않은 것 같다는 말에 내가 월권이라도 한 것 마냥 언성을 높였다. 왜 합리적이지 않은지 들어볼 생각도 하지 않았다. 그 부분은 많은 손님들이 불만을 제기하는 부분이었는데도 말이다. 자신과 다른 의견을 제시하는 손님이나 종업원도 그럴 만한 이유를 가지고 있을 거라 생각하고 '한번 들어 보겠다'는 마음의 여유가 없었다.

분노는 약함에 대한 반증일 수 있다. 아이들이 감정 조절을 못하는 이유를 보라. 마사지 사장님은 의지할 사람, 가족이 없어 너무나 약한 사람이 아니었을까. 자기 방어기제로 일단 화를 내는 것이다. 물론 방어기제란 살아가기 위한 생존 전략이다. 하지만 달라이 라마는 '사람이 살아가면서 짓는 잘못의 대부분은 분노로부터 나온다'고 했다. 그러니 방어기제로 화를 사용하는 것은 매우 주의를 요한다.

사장님이 혼자 있을 때 내가 동생에게 했던 것처럼 충분히 가족들 분노를 풀어낸다면 가족을 용서할 수 있는 용기가 생길 것이다. 14대 달라이 라마, 텐진 가초(1935~)의 다음 말을 기억하자.

"분노의 실체는 마음의 평화를 깨뜨리는 파괴자이고
동시에 진정한 적이다."

7.

깨질 위험이 있으니
잘 내려놓으세요

집착이란 어떤 것에 늘 마음이 쏠려 잊지 못하고 매달리는 것이다. 사람, 돈, 명예, 인정 또는 사소한 말 한마디에도 우리는 계속 마음이 쏠려, 잊지 못하고 매달린다. 나는 20대 중반까지는 돈에, 30대 중반까지는 남자에 집착을 많이 했다. 집착이 얼마나 나를 힘들게 하는지 잘 알고 있다. 지금은 돈과 남자에 별다른 집착 없이 자유롭다.

프리랜서 강사다 보니 요즘은 강의 결과에 집착한다. 강의가 엉망이었으면 어느 정도 엉망인지에 따라 며칠 내지 몇 주일씩 신경이 쓰이곤 한다. 한 선배는 '강사는 망한 강의를 얼마나 집착하지 않고 놓아주느냐에 따라 얼마나 롱런하는지' 결정된다고 말한다. 한마디로 강의 결과에 덜 집착하는 능력이 오래 가는 강사의 요건이란 것이다.

4년 전쯤 경북 행정공무원 퇴직자를 대상으로 하는 강의에서 청중으로 작은아버지를 만났다. 작은아버지가 오실 것을 알고 있었고 '그냥 하던 대로 하면 되겠지'라며 깊이 생각하지 않고 교육장에 들어섰다. 하지만 작은아버지 얼굴을 보자마자 '큰일 났다' 싶은 감정이 올라왔다. 인문학 강의 특성상 내 개인적인 이야기, 부모님 이야기, 심지어 조부모님 이야기도 간혹 나올 때가 있는데 작은아버지가 어떻게 생각할지, 그걸 집안 욕이라고 생각할지 걱정이 앞서는 것이다. 그래서 전체 주장도 어설프게 이어지고, 웃음 포인트에서 자신감 있게 치지 못해 갑분싸가 자주 일어났다. 작은아버지가 고개를 숙일 때면 할 말을 잊어버리기도 했다. 작은 아버지가 보는 앞에서 강의를 엉망으로 했다는 사실이 여전히 나를 괴롭히곤 한다.

정신의학자, 아들러는 우리가 자유롭고 행복하지 못한 이유는 '인정받고 싶은 욕구'에 시달리기 때문이라고 한다. 나는 강의를 잘한다는 인정을 가족 중 누군가에게 받고 싶었던 것이다. 하지만 그것이 온전히 좌절되고 나서 집착이 되어 버렸다.

한국 최고의 명강사로 알려진 김미경 씨도 투자신탁회사에서 요청한 '성공하는 여자의 리더십'이라는 주제로 경력 15년의 고졸 사원 대상으로 4시간 강의를 했는데, 10년 동안 그 회사 간판을 못 쳐다봤다고 한다. 그 회사 간판만 보이면 두 눈을 질끈 감았다고 한다. 나도 눈을 질끈 감게 되는 회사나 기관들이 여럿 있다. 작은아버지 외에도 나만 보고 강의를 의뢰해 줬던 동창, 고등학교 때 선생님, 지인들을 실망시킨 적이 한두 번이 아니다.

한 달 전에는 28명이 있는 단톡방에서 이른바 읽씹을 당해 집착을 했던 사건이 있었다. 나는 방장에게 모여야 하는 장소에서 바깥에 있는 식당까지는 대충 얼마나 걸리냐고 질문했다. 그런데 아무런 답변을 해 주지 않았다. 나는 열이 뻗쳐서 행정실에 전화를 걸어 왜 카톡 답을 해 주지 않냐고 따졌다. 그랬더니 본인은 모르는 일인 듯 담당자가 아마 확인을 못 했을 거라고 했다. 그러나 그때는 이미 28이란 숫자에서 2가 남아 있는 상태였다. 그렇다면 내 메시지를 확인하지 않은 두 명 중 한 명이 담당자라는 말일까? 하지만 서너 시간이 지나 확인해 보니 1도 남아 있지 않는데 내가 쓴 글 뒤로는 아무런 글이 달리지 않았다.

175

내 카톡 질문 활자들은 손바닥 크기의 스크린 안에 떠 있었지만 우주보다도 광활한 허공 속에 떠도는 운석처럼 이리저리 쿵쾅거리는 것처럼 보였다. 어떤 행성에서도 나라는 운석을 원하지 않는 듯 외로웠다. 나는 이틀 동안 깍지와 언니를 괴롭히면서, 내 간단한 질문의 어떤 점이 답을 못 해 줄 사안인지 곱씹어 봤다. 그냥 아주 간단하게라도 대답해 주면 되는데 왜? 도대체 왜?(病-3) 답을 안 해 주는 걸까? 그게 그렇게 어려운 걸까? 어쩜 이렇게 날 무시할 수 있을까?

그러다가 문득 '내가 지금 너무 글 쓰는 게 바쁘거나, 재미있다면 이런 걸 신경 쓰고 있을까?'라는 생각이 번쩍 들었다. '그래, 내가 글을 안 쓰고 싶어서 난리를 치고 있는 거구나' 알아차리고 온전히 읽씹에 대한 신경을 내려놓았다. 신기하게 아무렇지도 않았다. 다른 25명이 내가 무시 받았다고 생각하든 말든 그건 내 알 바가 아니었다. 나는 카톡 답을 못 받았다고 신경 쓸 만큼 여유로운 사람이 아니었다. 더 큰 것에 신경을 쏟아야 하는 사람이다. 나는 이런 사소한 문제에 집착할 사람이 아니다. 나는 글을 써야 하는 사람이다. 나는 더 중대한 일을 해야 하는 사람이다.

집착을 내려놓을 수 있는 방법은 더 중대하고 소중한 일에 집착할 거리가 있다는 것을 인식하는 것이다. 망한 강의보다 앞으로의 설레는 강의에 집중하면 되는 거다. 한마디로 집착할 대상이 아니라는 것을 알아차리고 제대로 집중할 만한 일을 찾아야 한다.

2010년 울산에 살 때 친하게 지내던 브라질 친구가 있었다. 하루는 그녀가 고민을 털어놓았다. 어릴 때부터 정말 친했던 친구가 3년 전에 500만 원을 빌려 갔는데 갚지도 않고 연락도 거의 하지 않는다고 했다. 돈을 빌려갈 때는 1년 안에 꼭 갚겠다고 약속했는데, 이제 자기가 전화하면 독촉 전화일까 봐 받지도 않는다고 한다. 2년 동안 화가 치밀고 너무 신경이 쓰인다고 했다.

"엘리사, 너 500만 원 없으면 생활이 안 돼?"

"아니, 그 정도는 사실 없어도 돼."

"그 친구랑 엄청 친했었어?"

"응, 브라질에서 베프였어."

"그러면 그 500만 원 그냥 줘 버려. 그 정도는 줄 수 있을 정도로 친하지 않았을까?"

그 말을 듣고 엘리사는 충격을 받은 듯했다. 그리고 나서 나에게 한없이 고마워하는 게 아닌가. 그렇게 말해 준 사람은 내가 처음이라고 했다. 다른 사람들은 모두 '너 미쳤냐? 왜 아직도 돈을 못 받고 있냐. 그 친구 너무 심하네. 어떻게 친구가 그럴 수 있냐'며 난리를 쳤다고 한다. 하지만 어차피 못 받을 돈, 없어도 내 삶에 전혀 지장이 안 되는 돈을 나와 제일 친했던 친구에게 줬다고 생각한다면 그 집착의 감옥에서 벗어날 수 있는 것이다.

엘리사는 어쩌면 돈 500만 원보다 그 친구를 잃은 상실이 더 컸을지 모른다. 그렇게 친했던 친구가 돈 500만 원 때문에 처절하게 미운 존재가 될 수 있는 집착. 엘리사는 자신이 자유로워지기 위해 돈을 꿔 간 친구를 놓아줘야 한다는 사실을 무의식적으로 알고 있었다. 그렇기 때문에 내 말을 듣고 안도했던 것이 아닐까.

집착하고 있는 대상이나 상황을 가만히 들여다보라. 그것은 늘 마음이 쏠려 잊지 못하고 매달릴 만한 가치가 있는 것인가?

8.

고이면 썩는다

'고인 물이 썩는다'는 속담이 있는데, 이것은 물뿐만이 아니라 거의 모든 상황에서도 통용이 되는 듯하다. 사람의 혈액도 고이지 않고 잘 돌아야 하고, 우리 마음도 색다른 문화와 사상을 받아들이기 위해 열린 사고를 해야 한다. 인간의 몸도 움직이지 않고 계속 앉아 있거나 누워 있으면 탈이 난다. 아프리카 부족들은 자주 모여서 춤을 춘다. 먹을 것도, 마실 것도 충분하지 않으니 최대한 덜 움직이고 가만있는 게 이로울 것 같은데 왜 춤을 출까. 몸까지 고여 있으면 병이 난다는 걸 본능적으로 알고 있는 것이다.

운동은 건강하기 위해 적극적으로 몸을 움직여 주겠다는 확고한 춤이라 할 수 있다. 2021년 ACSM(American College Sports Medicine) 가이드라인에 따르면 하루 40분 동안 중강도로 주 3회 이상 운동할 경우 생리학적인 체력 수준이 유지된다고 한다. 체력 향상을 위해서는 주 5회 이상 중강도로 40분 이상 운동해야 한다. 여기서 중강도라는 기준은 무산소(웨이트트레이닝, 근력운동) 운동이든 유산소 운동이든 숨이 차서 말하기가 조금 힘든 정도를 말한다. 노인의 경우는 강도를 조금 더 낮춰서라도 주 3회 이상은 운동을 해 주어야 건강을 유지할 수 있다.

우리나라 대다수 사람들은 자신이 운동하는 수준이 높다고 생각하는 게 문제다. 저강도로 운동하면서 고강도라고 착각하는 경우가 많다. 나는 매일 40분 이상 산책하니까 혹은 매일 집에서 회사까지 30분 거리를 걸어 다니니까 운동을 제대로, 그리고 많이 하고 있다고 착각한다. 하지만 옆사람에게 편안하게 말을 할 수 있는 상태라면 최저강도로 운동을 하고 있는 것이다. 안타깝게도 생리학적인 향상은 전혀 없다.

더 중요한 의문은 '제대로 걷고 있는가'이다. 한국에서 제대로 걷는 사람이 몇 명이나 될까. 매일 오래도록 걷기 운동만 하다가 무릎과 발목에 탈이 난 사람을 많이 봐 왔다. 우리는 조금 힘든 근력운동과 유산소운동을 제대로 할 필요가 있다.

우선 근육운동(웨이트 트레이닝)을 할 때는 다음 세 가지를 꼭 유의해야 한다. 첫째 딴생각을 하지 않는다. 운동하는 부위에 내 마음이 온전히 머물러야 한다. 生-1에서 언급한 대로 심신(心身)은 일여(一如)이기 때문에 운동하는 부위에 내 마음이 가 있어야 한다. 우선 내 마음도 헬스장에 와 있어야 한다. 몸은 헬스장에 있는데 마음은 집에 두고 왔거나 콩밭에 가 있는 사람이 많다.

이두 운동을 하면 이두에 내 마음이 머물러야 한다. 이두에 온전히 집중을 하고 호흡을 하는 것이다. 하지만 거울 앞에서 덤벨을 들어 올리면서 다른 사람들 운동하는 것을 쳐다보는 사람은 십중팔구 이두가 강화되고 있지 않다고 본다. 스쿼트를 하고 있다면 발목, 종아리, 허벅지, 둔근, 허리, 등, 어깨, 팔, 목 전신에 의식을 두어야 한다. 다른 생각을 하지 않고, 내 몸에 집중해야 숨이 차고, 제대로 운동을 하고 있는 것이다. 가슴운동인 펙덱플라이라는 머신을 사용하는데 마음이 가슴에 가 있지 않고 딴 생각을 하고 있다면 가슴근육이 강화되고 있는 게 아니라 돈, 시간, 힘을 들여서 어깨 관절을 상하게 하고 있다는 사실을 명심해야 한다.

웨이트 운동을 하면서 유의해야 할 두 번째 사항은 천천히 느끼면서 해야 한다는 것이다. 근육운동도 그렇고 스트레칭도 천천히 해야 한다. 보통 빨리하는 이유는 더 쉽기 때문이다. 천천히 그 부위를 느끼면서 하는 게 힘이 든다. 팔굽혀펴기를 빨리하는 것은 쉽다. 그러나 천천히 제대로 10개를 하면 시간도 아끼면서 가슴과 어깨, 팔이 쪼여 오는 상쾌하면서 묵직한 느낌을 정직하게 받을 수 있다. 천천히 할 때 온전히 집중할 수 있으니 첫 번째 유의해야 할 사항과도 연결이 된다. 단 파워리프팅이나 다른 목적이 있을 시에는 파워 호흡과 빠른 동작을 취할 수 있다.

마지막으로 유의해야 할 사항은 너무 오래 하지 않는 것이다. 근육운동은 짧고 굵게, 인텐시브하게, 호전적으로 해야 한다. 그러니 운동 시에는 친구랑 잡담하지 않고, 오롯이 1시간 이내로 운동을 끝내도록 한다. 운동 부위를 제대로 자극해 주기 위해서 앞에서 언급한 대로 딴 생각하지 않고, 집중해서, 천천히 그 부위와 호흡과 중량을 느끼면서 웨이트트레이닝하는 것을 1시간 이내로 끝내야 하는 것이다.

그런 다음 푹 자야 한다. 운동하면서 찢어 놓은 근육은 자는 동안 더 튼튼하게 복구가 되면서 근육이 강화되는 것이다. 그러니 운동을 하고 나서 잠을 푹 자지 못하면 말짱 도루묵이다.

유산소운동에 대해서는 유의점보다는 내가 운동할 때 유용하게 써먹는 이미지 트레이닝을 소개하고 싶다.《뇌내혁명》이란 책에서는 성인병 발병은 대부분 혈관이 막히는 데서 시작된다고 한다. 원활한 혈액 순환이 그만큼 중요하다. 조깅, 인터벌 러닝, 수영, 에어로빅, 줄넘기, 등산, 자전거 등의 유산소운동은 한마디로 몸을 터는 동작(춤)의 연속이라고 보면 된다. 내 살, 근육들, 장기들, 혈관 속의 피까지 내 움직임에 따라 아래위로, 양옆으로 흔들린다.

전력 질주, 뛰어서 등산, 마라톤 등은 최고강도의 유산소 운동이 될 것이다. 숨이 차서 금방이라도 그만두고 싶을 때 계속 유지하도록 도와줄 수 있는 이미지는 '막혀 있던 혈관이 뻥뻥 뚫리고 있다. 혈관벽이 활력을 찾아 쫀쫀해지고 있다. 폐가 벌렁거리면서 튼튼해지고 있다. 장기들이 덜렁거리면서 흔들려 운동이 되고 있다. 나는 지금 혈관, 폐, 장기들을 활성화시키고 있다'이다. 그게 유산소의 역할이니까.

　한마디로 유산소운동 시 힘들 때는 유산소운동의 역할을 제대로 기억하면 끝까지 버틸 힘이 생긴다는 것이다. 지금 나는 쫀쫀해지고 있는 피의 통로들, 숨을 제대로 끌어당겼다가 내어주는 폐, 계속 흔들려서 운동이 되고 있는 장기들이 모두 고여 있지 않도록 활동하고 있는 것이다. 고이면 썩는 법이니까.

9.

스트레스 feel 받기

유대인 부모는 아이가 울거나 짜증을 낼 때 끝까지 받아 준다. 아이가 감정을 마음껏 배출하게 기다려 주는 것이다. 한국의 부모들은 참지 못하고 윽박지른다. 뚝 그쳐! 뚝! 심지어 카운트다운을 한다. 하나, 둘, 셋! 셋까지 셀 동안 울음을 멈추지 않으면 손찌검이 날아오기도 한다. 그야말로 한국은 감정을 드러내서는 안 되고, 억눌러야 하는 문화를 가지고 있다. 스트레스 해소 강의를 하다 보면 이것과 관련한 질문을 많이 받는다. 아이가 짜증을 내서 야단치고 나면 찝찝하고 후회가 된다는 것이다. 짜증을 받아 주고 다독여야 할지, 따끔하게 혼을 내야 할지 헷갈린다고 한다.

아이의 마음이 풀릴 때까지 짜증이나 화를 다 받아 주는 것이 좋다. 하지만 그게 어렵다. 왜냐하면 내 안에 있던 짜증과 화가 공명을 일으켜 나 역시 짜증이 나기 때문이다. 일단 내 속에 그런 감정의 찌꺼기가 없어져야만 아이를 다독일 수 있는 것이다.

그런 찌꺼기를 나는 스트레스라고 감히 말한다. 살아오면서 그때그때 풀지 못하고 쌓인 나의 감정의 찌꺼기들이 스트레스다. 스트레스란 회사의 빠듯한 업무나 괴롭히는 상사, 귀찮게 하는 동료, 잔소리하는 엄마와 같은 외부요인이 아니다. 'stress' 의 어근은 'str=tie/bind'이다. 스트레스란 특정 관념에 매여 있고 묶여 있는 마음이라 할 수 있다. 그런 사람을 관념에 찌든 사람이라고 한다. 찌든이다. 즉 스트레스가 많은 사람이다. 반면 이것도 좋고 저것도 나쁘지 않은 듯 묶여 있지 않고 흐르는 물 같은 사람은 맑은이다. 스트레스가 없는 사람이다.

여러분이 '찌든이'와 '맑은이' 둘 중 어느 쪽인지 판단하는 방법은 간단하다. 내 몸에 아픈 데가 없고 사는 게 행복하면 대체로 맑은이다. (死-4) 그런데 어깨가 아프거나, 요즘 시력이 많이 떨어지거나, 이가 안 좋거나, 얼굴에 뾰루지가 난다든가, 초기

암이어서 수술을 했다거나, 심지어 어디 부딪혀 팔이 부러져도 찐든이다. 즉 마음의 독소를 가지고 있기에 그런 일이 일어난 것이다. 현상이 나타나면 본질이 있는 것이니까. 나이가 들면서 감정의 찌꺼기가 쌓이지 않는 사람은 드물기 때문에 대부분의 사람들은 이곳저곳 아픈 곳이 생기는데 우리는 그걸 보고 노화 또는 만성질환이라고 부른다. 그러니 우리 모두는 최대한 덜 아프면서 늙어야 할 숙제를 인생 전반에 걸쳐 풀고 있다고 볼 수 있다.

감정 찌꺼기를 푸는 방법은 그 감정을 제대로 '더 느껴 주는' 것이다. 슬플 때는 실컷 슬퍼하면서 울어 낸다. 화가 날 때는 최대한 온몸을 사용해 욕을 하고, 외로울 때는 일부러 〈섬집 아기〉를 가만히 불러 본다. 사랑받고 싶은 마음이 들이닥쳐 그 감정이 긴 손톱을 세워 나를 할퀴어 댈 때는 그동안 사랑받지 못해서 상처받았던 일을 떠올려 본다.

나 같은 경우는 1남 3녀 중 셋째 딸이라 어려서부터 애정 결핍이 심했다. 그래서 20대부터 남자들에게 집착과 질투가 심했다. 30대 중반에 감정의 찌꺼기(스트레스)를 없애는 방법은 오히려 그것을 더 느껴주면 된다는 것을 알게 되었다.[*] 남자친구나 썸남에게서 전화나 문자가 없어 화가 치밀어 오를 때마다 "당신은 사랑받기 위해 태어난 사람, 당신의 삶 속에서 그 사랑 받고 있지요" 노래를 부르면서 어렸을 때 더 많은 관심을 받고 싶어 했던 불쌍한 윤정이를 달래 주었다. 애정결핍의 에고를 제대로 느껴 주기 위해 "엄마도, 아빠도 나를 원하지 않았습니다"라고 소리를 지르면서 펑펑 울기도 했다. 내가 태어나던 1978년 석가탄신일 아침에 아빠는 또 딸이라는 소리를 듣고 한 번 얼굴을 내비치고는 일주일 동안 집에 들어오지 않았고, 엄마도 내가 배 속에 있던 10개월 내내 고추가 안 달렸을까 봐 노심초사했으니까.

나는 존재 자체로 사랑받지 못했던 감정을 충분히 느껴준 후 내 몸 안에서 몰아냈다. 나는 더 이상 사랑을 받아야만 하는 존재가 아니다. (生-3) 나는 사랑을 주기 위해 깍지를 만났고 그래서 자유롭고 행복하다. 애정전선에서는 스트레스가 대폭 줄었다고 확신한다.

영화 〈국제시장〉이 개봉했을 때 엄마를 모시고 영화를 보러

---

[*] 필링법이라고 이름을 지어 스트레스 강의를 하고 있다.

갔다. 영화의 배경이 엄마가 살아 낸 시대라 억척같이 살아온 세월 속에서 받은 상처가 치유될 거라 생각했다. 그런데 30분쯤 지나자 계속 짜증을 내시는 거다.

"아이고, 뭐 이래 골치 아픈 걸 보러 오노, 그것도 돈을 주고!"

"누가 이런 거 보고 싶다 했나!"

"뭐하러 이런 걸 봐! 골치 아프구로."

"뭘 이런 걸 돈 주고 보노, 재미있는 것도 다 못 보는데…."

10분마다 이런 불평을 하시더니 어떤 장면에서는 스크린을 보지 않고 일부러 다른 곳을 보는 게 느껴졌다.

당신의 부모님은 어떤가? 골치 아프고 힘든 것도 있는 그대로 받아들일 수 있는 분인가? 공감하고 느껴서 울어 낼 수 있는 분인가? 스스로 치유할 능력이 되는 분인가? 그렇다면 나는 그런 사람을 stressful(찌든)의 반대말인 Open-minded(맑은)라는 형용사로 수식해 주고 싶다.

우리 엄마는 안타깝게도 그 상처가 너무 커서 '더 느낄' 수 없는 상태였다. 우리 엄마처럼 쌓인 감정들을 느끼지 않으려고 애쓰면 안에서 곪다가 언젠가는 터질지 모른다. 터지는 것이 바로 병인 것이다. 엄마가 힘들더라도 몸과 마음 안에 있는 분노, 외로움, 서러움, 억울함 같은 감정들을 일부러 느껴서 독이 되고 있는 에너지를 분해했으면 좋겠다. 힘들었던 세월 울어서 흘려 보내고, 욕하고 싶었던 사람들을 실컷 욕해 봤으면 좋겠다.

《소년과 두더지와 여우와 말》이라는 일러스트가 멋진 책에 서 말은 '어떤 이유로든 눈물을 흘릴 수 있다는 건 약한 모습이 아니야. 그만큼 강하다는 거야'라고 말했다. 우리 엄마 세대들 이 '그 시절에는 다 그랬다'라는 머리로만 이해되는 상황은 잠 시 무시하고 그때 느꼈던 불안, 억울함, 분노, 열등감, 수치심 등의 감정들을 가슴으로 느껴 봤으면 좋겠다.

이 글의 초반에 얘기했던 아이의 짜증이 공명을 일으켜 도리 어 엄마까지 짜증이 나서 아이를 때리게 되는 어머니를 이해하 겠는가? 엄마도 〈국제시장〉을 보면서 이제까지 살아온 힘든 세 월 동안 느꼈던 감정이 건드려져 짜증이 났던 것이다. 그 감정 들을 제거하고 맑아져야 하는 것이다. 영화를 보면서 적극적으 로 느껴줘야 한다. 내 안에 숨죽이고 있는, 묶인 마음들이 공명 해서 스르르 사라질 수 있도록 해야 한다. 다음 편(病-10)에서 더 자세히 살펴보자.

10.

혼자병법

병은 나이가 들면 어쩔 수 없이 찾아오는 불청객이 아니다. 어떤 감정에 묶인 마음이 쌓이고 쌓여 폭발한 결과물이다. 그렇다고 병이 나쁜 것만은 아니다. 폭발의 의미를 깨달아 내 영혼이 바른 길을 찾는다면 병은 순수하게 나를 가르치러 온 스승이 되는 것이다. 그러니 우리는 병에 담대하게 응답해야 한다.

어떤 감정의 찌꺼기가 쌓여서 이 병에 걸렸을까, 병에 걸린다는 의미는 무엇인가, 그동안 놓치고 있었던 게 뭔가, 죽기밖에 더하겠는가. 그렇다면 죽는다는 것은 무엇인가, 병이 나에게 알려 주려는 게 뭘까. 이런 식으로 우리는 병이 무엇을 말하려고 하는지 귀 기울여야 한다. 병을 스승으로 모시고 새옹지마의 삶을 다시 살아가는 거다.

한 번 더 강조하지만 늙어 가면서 병에 걸리는 것은 당연한 것이 아니다. 죽을 때까지 한 번도 병에 걸리지 않는 사람은 없을 거라 생각하는가. 평균 수명이 30세 중반이었던 시대에 독일의 철학자, 임마누엘 칸트는 건강하게 지내다 80세에 죽었다. 한 번도 병에 걸리지 않고 "행복하게 잘 지내다 간다"는 말을 남기고 죽었다고 한다. 과연 '진정한 평화를 주장한 선구자' 답지 않은가? 칸트처럼 병이나 고통 없이 살다가 죽었다면 맑은 인간으로 살았다는 뜻이며 존경받을 만하다. 병에 걸리지 않고 건강하다면 내 마음속 감정의 찌꺼기가 쌓여서 폭발하지 않은 상태인 것이다.

몸과 마음이 하나이기 때문에 몸 어딘가에 병이 생기면 나의 어떤 마음에 문제가 있는지 대충 알 수 있다. 《동의보감》에도 잘 나타나 있는 동양의학으로 살펴보자.

화가 많이 쌓이면 간과 눈에 탈이 난다고 한다. 눈에 문제가 생기면 안과에 가기 전에 왜 그럴까 생각해 보는 거다. 그것이 치유의 기본 마음가짐이다. 내 안에 화가 많다는 것을 인정하고, 실컷 욕을 해야 한다. 그 감정을 온전히 느껴서 분해시키면 눈이 좋아질 수 있다.

슬픈 감정을 그때그때 풀어내지 못하고 쌓아 두면 폐가 안 좋아진다. 50~80년대 한국에는 폐병 환자들이 많았다. 한반도 전체에 슬픔의 기운이 많이 감돌았기 때문이 아닐까. 프로이트 도 우울하다고 느낄 때는 침잠하라고 했다. 우울한 기분을 즐 기면서 자신에 대해 생각해 보고 지나간 세월, 현재, 그리고 앞 날의 나에 대해 적어 보라고 했다.* 폐가 안 좋은 분이라면 속 는 셈 치고 실컷 울어 보라고 권하고 싶다. 그동안 쌓였던 슬픔 의 감정을 풀어내는 것이다. 슬픈 영화를 보면서 울어도 좋다.

두려움이 많이 쌓이면 신장과 귀에 병을 일으킨다. 신장에 관련된 병이나 이석증, 이명을 앓고 있다면 내가 어릴 적 누군 가를 극도로 무서워했는지, 집안 사정이 안 좋다는 걸 알고 세 상을 무서워했는지 돌이켜보자. 할 수 있다면 그 무서운 감정 을 오롯이 떠올려 보는 거다. 닭살이 돋고 머리가 쭈뼛쭈뼛하 다면 내 안에 쌓인 두려움이 풀어지고 있는 것이며, 치유가 되 는 것이다.

위, 장과 같은 소화기관에 문제가 있다면 돈과 관련된 문제

---

* 정도언, 《프로이트의 의자》, 웅진지식하우스, 2009.

로 근심, 걱정을 하고 있는 경우가 많다. '사촌이 땅을 사면 배가 아프다'는 속담이 이해가 되지 않는가. 질투를 해서가 아니라 실제로 내가 돈을 못 벌고 있다는 불안감이 생리적으로 복통을 일으키는 것이다. 그 불안이 쌓이고 쌓이면 위암, 대장암, 직장암 등을 일으킬 수 있다. 물론 암세포가 다른 장기에 붙을 수도 있지만 주로 소화에 관련한 장기에 생기는 경우가 많다는 것이다.

당뇨병은 근심, 걱정, 불안이 지속적으로 노출될 경우 당뇨라는 현상으로 나타나는 것이다. 당뇨를 앓는 사람들은 걱정하는 일의 대부분은 일어나지 않는다는 사실을 항상 인지하고 너무 열심히 살려는 노력을 줄이도록 해 보자.

파킨슨병의 원인은 아직 밝혀지지 않았다. 하지만 파킨슨병을 앓았던 몇몇의 사람들을 봤을 때 증오와 두려움 때문이 아닐까 추측해 본다. 영화 〈남영동 1985〉의 실제 모델인 고 김근태 의원은 영문도 모른 채 남영동 대공분실에서 고문을 당했다. 김대중 전 대통령의 장남 김홍일 의원도 대학생 때 납치당해 고문을 받았다. 《한겨레신문》을 창간한 청암 송건호도 고문을 당하고 파킨슨병을 앓았다. 1960년에 로마올림픽에서 금메달을 딴 무하마드 알리도 파킨슨병을 앓다가 2016년에 죽었다. 금메달리스트로 미국의 영웅이 되었지만 백인들이 주로 이용하는 햄버거집에서 쫓겨났다. 베트남 전쟁 징병을 거부하면서 케시어스 클레이라는 본명을 무하마드 알리라는 무슬림 이름으로 바꿀 정도로 미국을 미워했고 동시에 그 거대한 조직을 두려워하지 않았을까.

감정을 더 느껴 줌으로써 현상으로 나타난 병을 치유할 수 있다고 앞서 말했지만 고문 같은 극도의 두려운 상태를 더 느껴 볼 수 있었을까. 당뇨처럼 10년 이상 걱정과 불안에 떨었던 것을 일부러 더 걱정하고 불안에 떨어볼 수 있을까.

미국의 소설가이자 예술 평론가인 수전 손택은《은유의 질병》이란 책에서 암이라는 질병 그 자체보다 암에 대한 인간의 의식이 문제라고 했다.* 소아정신과 교수 지나영 역시 '비록 치유(치료)되지 않아도 혹은 원래의 몸으로 되돌아가지 않아도 오히려 병이 들기 이전에는 볼 수 없었던 것을 보는 것 자체에 의미가 있지 않냐고 말한다. 또 그것을 병에 걸리지 않은 사람에게 전해 줄 수 있다면 거기서 질병의 의미를 찾을 수 있다고 했다.

* 김지수, 이어령, 《이어령의 마지막 수업》, 열림원, 2021.

지나영 교수는 미국 존스홉킨스 소아정신과 교수로 아프리카 여행, 에베레스트 등반, 공중 곡예 등을 즐기는 팔팔한 에너지의 소유자였다. 그런데 41세가 되기 바로 전날 자율신경계 장애(자율신경계가 자율적으로 조절하는 맥박, 혈압, 체온, 호흡, 장운동, 호르몬 조절 등에 장애 발생)라는 난치병에 걸린다. 2년 동안 바닥에 누워 지내야 했기 때문에 말 그대로 진짜 바닥을 치는 인생이었다고 한다. 그런데도 다시 아프기 전으로 돌아갈 거냐고 묻는다면 아니라고 한다. 아프면서 배우고 깨닫고 성장한 게 너무 많았기 때문이다. 아프면서 깨닫게 된 생각들을 많은 사람들에게 전하는 것이 소아정신과 의사와 교수로 지내는 것보다 더 의미가 있다는 것이다.

류시화 시인은 에세이《좋은지 나쁜지 누가 아는가》에서 '모든 상처에는 목적이 있지 않을까? 어쩌면 우리가 상처를 치료하는 것이 아니라 상처가 우리를 치료하는지도 모른다. 상처는 우리가 자신의 어떤 부분을 변화시켜야 하는지 정확히 알려 준다. 돌아보면 내가 상처라고 여긴 것은 진정한 나를 찾는 여정과 다르지 않았다. 삶의 그물망 안에서 그 고통의 구간은 축복의 구간과 이어져 있었다'고 말하면서 축복이라는 단어

'blessing'의 어근을 풀어준다. 'blessing'은 프랑스어 'blesser(상처 입다)'와 어원이 같다. 즉 축복이란 상처라는 것이다.

내가 마음속에 쌓인 감정을 몰라 주고 계속 쌓아 두고 있던 것이 상처가 되어 터진다. 그건 나답게 제대로 살아가라는 채찍질이 되어 축복이 되는 것이다. '너를 더 사랑해라, 물질적인 것에 집착하지 마라, 너의 인생을 살아라, 속도를 줄여라, 본성을 찾아가라' 이런 계시를 주는 축복인 것이다. 죽을 때까지 병에 걸리지 않고 행복하게 살 수 있다면 최고의 인생이다. 하지만 병에 걸린다면 인생을 충만하게 할 기회로 만들 수 있다. 병은 내 영혼이 몸을 혼쭐나게 달래 주는 성찰의 채찍질인 것이다.

사(死)

저 별로

1.

이 별에서 저 별까지
인생주기

女	7	14	21	28	35	42	49	56	63	70	77	85
男	8	16	24	32	40	48	56	64	72	80	88	96

한의학의 바이블이라 불리는 《황제내경》을 보면 여자는 7을 주기로 자궁이 변하고, 그것에 맞추어 삶도 변한다고 한다. 반면 남자는 8을 주기로 인생 주기가 변한다. 《황제내경》은 2200년 전, 당시 천재 의사들이 모여 만든 의학서지만 예방의학과 건강의 개념, 환경과 인간의 생활방식, 정신 상태 등을 포괄적으로 소개하는 철학서라 해도 무리가 없다. 《동의보감》도 《황제내경》을 비롯한 아시아 전역의 의학서를 참조해서 빅데이터

를 만들었기 때문에 다음 내용을 담고 있다.

아기가 엄마의 자궁을 빠져나오는 순간에 우주의 기운이 아기 몸으로 들어온다. 우리 모두 우주의 기운으로 살아가는 것이다. 우주의 기운은 아기의 발바닥에 있는 용천이라는 혈자리로 들어온다. 발바닥을 손으로 오므리면 사람 인 자(人) 모양이 나온다. 人이 갈라지는 지점이 용천이다. 인간은 부모의 몸과 마음을 빌어(유전인자) 우주의 기운(본성)을 가지면서 태어나는 것이다. 나의 본질이 유전인자이기 이전에 우주 만물의 기운('영혼의 핵'이라 부를 수 있을 것이다.)임을 알아야 한다.

나이가 들면서 우주의 기운은 용천에서 몸 위쪽으로 이동한다. 나이가 들어 죽을 때는 결국 우주의 기운이 백회(머리 꼭대기에 있는 혈자리)를 뚫고 우주로 돌아간다. 그래서 '죽었다'는 것을 '돌아가셨다'라고 표현한다. 우주의 기가 우주로 되돌아갔다는 뜻이다.

용천으로 들어온 기는 서서히 다리로 올라간다. 발목 즈음에 올라오면 아기가 서서히 무언가를 잡고 서려고 한다. 그러다가 결국 혼자 설 수 있게 된다. 기가 종아리로 올라오면 아장아장 걷기 시작한다. 걸어 다니면서부터 초등학교까지는 기가 허벅

지에 와 있어 잠시도 쉬지 않고 뛰어다닌다. 식당에서 가만히
앉아 얌전히 밥 먹는 아이가 흔하지 않은 이유다. 분주하게 뛰
어다니는 아이들을 보고 눈살을 찌푸리기보다는 '아! 아이들이
살아 있구나' 실감해야 한다. 물론 부모들은 놀이방이 딸린 식
당에 가거나, 최대한 다른 사람들에게 피해가 가지 않도록 배
려해야 할 것이다.

사춘기가 되면 아이들의 기운은 생식기에 와 있다. 여 14세,
남 16세(2×8=16, 이팔청춘)다. 제2차 성징들이 나타나고 이성
에 관심을 가지기 시작한다. 여자는 초경을 하고 남자는 몽정
을 한다. 이 시기에는 아이들도 몸과 마음의 급격한 변화에 당
황하기 때문에 부모의 세심한 관심과 이해가 필요하다. 자녀와
많은 대화를 나누면서 아이 입장이 되어 보는 것이 중요하다.
요즘 어른들은 아이 자체가 되어 보는 일에 서툴다. 감성이 부
족한 것이다. 머리로 이해하려고 한다. 이성적으로 아이를 대
하니 소통이 아니라 불통이 되는 것이다.

사춘기를 거친 뒤, 20대에는 생식기에 있던 우주의 기가 배
쪽으로 올라온다. 단전에 올라와 몸의 코어를 이룬다. 나는 이
때가 일생에서 가장 중요한 시기라고 생각한다. 세상과 소통하

는 법을 배우고, 내 미래를 알아 가는 시간이다. 인간관계 속에서 사랑하는 법을 알게 된다. 그러나 많은 젊은이들이 사랑을 주기보다는 받으려고만 하다가 상처 입고, 자해하고, 자존감을 잃고, 세상과 벽을 쌓고, 미래를 두려워하게 된다. 나 역시 20대에 그랬다. 하지만 가끔씩은 실수하고 시간을 낭비하고 실연을 당해도 좋다. 단전에 도달해 있는 이 기운이 우주 만물의 근원이 되는 기임을 알고 있으면 된다.

30대에는 우주의 기운이 몸 정중앙에 있다. 여자 35세, 남자 40세는 주기가 다섯 번 바뀐 것이다. 여자는 35세에 몸의 기능과 아름다움이 절정을 이룬다. 그 이후부터 몸은 노화하기 시작한다. 그러나 정신은 한층 고양시키려고 노력해야 한다. 그래야 남은 인생이 순탄해진다. 정부에서 평생교육을 시키는 이유다.

40대가 되면 기운이 가슴에 와 있다. 왠지 가슴이 허해 바람이 나기 쉽다. 그 시기를 우리는 갱년기라 부른다. 강의할 때는 어릴 적 동네 아는 삼촌이 바람피우던 나이가 대충 48세고, 아는 이모는 대충 42세였을 거라고 농담을 한다.

여성의 나이 49세가 되면 완경해서 여성 호르몬, 에스트로겐이 급격히 줄고, 남성호르몬, 토스테스테론이 많아져서 힘이 세진다. 집안 살림만 하던 엄마가 갑자기 사회 활동에 심취하게 된 이유를 알겠는가? 계모임, 각종 동호회, 봉사활동 등을 활발하게 하면서 밖으로 나다니기 시작한다.

반면 56세 남성은 여성호르몬이 많아져 드라마를 좋아하게 되고, 생전 안 울던 사람이 드라마 보면서 울기도 한다. 젊을 때 밖으로 나돌던 남자가 이때부터는 집에 있는 걸 더 좋아하게 된다. 우리 아빠도 내가 어릴 때는 일하시느라 정신이 없어 우리에게 별 애정이 없었던 것 같은데 나이가 드시면서 자주 전화를 해 수다를 떨고 싶어 했다. 그러면 인정머리 없는 나는 "아, 왜요! 빨리 말해요!"라며 용건이 없으면 전화하지 말라는 뉘앙스를 풍기곤 했다.

56세 여성, 64세 남성은 우주의 기운이 입 즈음에 와 있다. 그래서 말이 많아진다. 했던 말을 또 하고, 마음속에만 남겨 두어도 될 생각을 꼭, 굳이 말한다. 자녀들은 이것을 잘 이해하지 못해 짜증을 많이 낸다.

63세 여성, 72세 남성의 우주 기운은 눈 즈음에 있다. 가만히 먼 산을 바라보고, 지나가는 사람을 빤히 쳐다본다. 다리가 아파도, 자녀들이 싫어하는 눈치가 보여도 그들을 따라 여행하고 싫어 하고 결혼식이나 돌 등 집안 잔치에 따라가려고 한다.

70세 여성, 80세 남성의 우주 기운은 백회 근처에 와 있다. 백회를 뚫는 순간 우주의 기운이 우주로 돌아가는 것이다. 즉 죽는 것이다.

죽음은 삶의 반대말이 아니다. 상상해 보라. 죽음이 없는 세상을. 그러면 '삶'이라는 말 자체가 존재하지 않을 것이다. 밤이 없으면 낮이라는 단어가 존재하지 않듯이. 죽음이 있기 때문에 삶이 있는 법이다. 죽음은 끝이 아니다. 죽음이 무엇인지, 어떻게 죽을 것인지, 인간 존재는 무엇인지 깊이 사유하는 것이 인문학의 시작이다. 평생을 사는 동안, 우주의 기운이 어떻게 나와 함께 하는지 고찰하고, 그 기운이 빠져나가면 그게 끝인지 아니면 원래 기운으로 돌아간 것인지 통찰하여서 자유로운 인간이 되자. 세상과의 이별, 그것의 반대말은 저 별이다.

"진리가 너희를 자유케 하리라."

- 요한복음 8:32

2.

죽으음음음?

　"나는 내가 곧 죽는다는 것을 안다. 하지만 내가 결코 피할 수 없는 그 죽음이란 것에 대해서 어느 무엇 하나 아는 것이 없다." 프랑스 수학자이자 철학자였던 파스칼이 한 말이다. 아빠는 암으로 투병하시면서 '어차피 죽을 건데 뭐!'라는 말을 계속하시면서도 어떻게든 죽지 않으려고 항암치료와 약에 매달렸다. 인터넷에서 흉선암은 완치되기 어렵고 치사율이 높은 암이란 걸 확인하고 나서는 극도로 두려워했다. 죽음에 대해 무엇 하나 아는 것이 없어서 두려울 수밖에 없었을 것이다.

　아빠는 죽음을 확신하면서도 죽으면 어쩌나, 어떻게 하면 더 살 수 있는지 노심초사했다. 나는 그런 아빠에게 "사람은 다 죽는데, 죽는 게 그렇게 무서워요?"라고 했다. 죽음에 대해 무엇 하나 아는 것이 없어서 그렇게 말해 버렸다. 아빠는 셋째 딸의 버르장머리 없고 당돌한 문장을 듣고 5초 동안 말문이 막혀 계 시다가 헛웃음을 치셨다. 그리고는 얼굴에 화색이 돌며 편안해 하셨다. "그래, 맞다. 사람은 다 죽는데, 죽는 게 왜 무서울까."

이 세상에서 영원히 살 수 있는 사람은 없다. 나 혼자만 죽는 다거나 내가 아는 누군가가 영원히 산다면 죽음이 정말 무서울 것이다. 지구상에 존재하는 모든 생명체가 죽는다는 사실을 항 상 기억한다면 나이가 들수록 그나마 덜 무서워질 것이다.

사람들은 왜 죽음을 두려워하는 것일까? 이에 대해 소크라테 스는 우리가 죽음에 대해 실제로는 아무것도 모르면서 알고 있 는 것처럼 생각하기 때문이라고 말했다. 죽음이 무엇인지 알 수 있는 방법은 없다. 죽어 봐야 알기 때문이다. 살아 있는 동 안에는 알 수 있는 가능성이 전혀 없다는 말이다.

죽음은 이렇게 불가지(不可知)의 영역에 있기 때문에 죽음 을 바라보는 관점, 즉 죽음관을 가지고 있어야 한다. 죽음은 어 떤 것이고, 죽으면 어떻게 되는지 알 방도가 없기 때문에 '나는 죽음을 이렇게 생각한다'라는 관점을 가지고 있으면 죽음을 미리 두려워하는 '예기 불안'을 없앨 수 있다.

여기에 나의 죽음관을 소개해 보려고 한다. 나는 엄마 배 속에서 10개월가량 살다가 나왔다. 엄마의 양수, 엄마가 먹는 음식, 엄마의 생각, 할머니한테서 타박 들었을 때의 서러움과 같은 엄마의 감정 등 모든 것이 나의 우주였다. 태아에게 그 10개월은 지금 내가 느끼는 평생보다 더 긴 세월처럼 느껴졌을 것이다. 하루살이에게는 우리의 하루가 평생인 것처럼.

태아는 10개월이 가까워지면서 자신의 우주와 이별해야 한다는 것을 선험적으로 깨달을 것이다. 우주와의 이별은 죽음이 아니겠는가. 하지만 아이는 엄마라는 우주에서 빠져나왔지만 죽지 않았다. 태아에게는 상상도 할 수 없는 세계와의 조우가 죽음이었던 것이다. 엄마 배 속이란 우주에서 지금 우리가 살고 있는 세상의 공간을 상상이나 할 수 있었겠는가.

시속 800km인 비행기를 꼬박 20일 타야 도달할 수 있는 거리에 달이 있고, 7개월 동안 로켓을 타고 망망대해의 공간을 지나야 지구에서 가장 가까운 행성인 화성에 닿을 수 있다. 지구를 2cm 지름으로 줄이면 태양은 지름 2m의 대형 구가 된다. 이런 태양계가 수억 개 모이면 은하가 되고, 우리 은하에서 이

웃 은하인 안드로메다은하까지는 빛의 속도로 250만 년을 가야 도달할 수 있다. 우주 공간 전역에 이런 은하가 무려 2조 개가량이 있다고 한다.

우리는 기초적인 천문 지식을 바탕으로 이런 무시무시한 공간 개념을 머리로 이해해 보려고 노력하면서 살고 있다. 우주 공간에서 티끌 하나에 불과할 지구에서 코로나라는 전염병 때문에 마스크를 끼고 죽음을 두려워하면서 돌아다니고 있다. 나이가 들어서, 혹은 불시의 사고로 이 우주와 이별할까 봐 무서워하고 있다.

하지만 그게 정말 죽음일까. 태아가 이 세상에 나올 때처럼 지금 우리 뇌로는 도저히 상상할 수 없는 세계와의 만남이 죽음이 아닐까. 태아가 엄마 자궁을 빠져나와 병원 불빛에 눈이 부셔, 아니 이 우주의 크기를 가늠할 수 없어 울음을 터트린 것처럼, 죽는 순간이 그런 게 아닐지. 나는 죽음을 이렇게 바라보고 있다.

이런 죽음관 덕분에 나는 죽음이 덜 무섭다. 죽으면 어떤 엄청난 세계와 조우하게 될지 기대가 되는 것이다. 내일 당장 내가 그 세계를 만날 수 있다고 인지할수록 삶에 지극해진다. 내

일이 오리라는 보장이 없다는 사실을 늘 염두에 둘 때 지금 여기의 삶을 살 수 있다.

내가 유한한 존재라는 것을 매일매일 깨닫자. 지금 당장 당신이 아들, 엄마, 언니, 누나, 남편, 동생에 대한 사고 전화를 받는다고 생각해 보라. 우리는 영원히 살지 않기 때문에, 얼마든지 당장이라도 그 일이 일어날 수 있는 것이다.

죽음을 수시로 인식하는 것은 재수 없는 일이 아니라 순간을 영원처럼 사는 길이다. 우리 엄마도 내가 죽음에 대해 말을 하면 "시끄러! 재수 없어. 말하지 마!"라고 소리를 지르신다. 죽음에 대한 자각은 재수 없는 일이 아니라 오히려 삶을 지극히 사랑하기 때문에 가능한 일이다. 죽음을 바라보는 나만의 관점이 확고하다면 죽음을 직시할 수 있고, 한 번뿐인 삶에 적극적으로 임할 수 있다.

10분 뒤에도 죽음을 받아들일 자세로 살 수 있다면 우리는 인생의 순수한 과제를 다 마친 것이며, 자유로운 영혼으로 살 수 있을 것이다. 10분 정도 세상에 대한 미련은 남겨 두고 싶다. 지금 내가 앉아 있는 이곳, 지구, 한국, 부산, 연산 로타리, 롱패딩으로 몸을 꽁꽁 싸맨 사람들, 빠르게 지나가는 자동차

들, 세계에서 제일 큰 커피 프랜차이즈 아르바이트생들의 목소리, 내 핸드폰, 3년 동안 내 눈이 되어 줬던 안경, 내 텀블러와 작별하기 위한 10분의 유예시간을 남겨두고 싶은 것이 작은 욕심이다. 부디 그 10분 동안 패닉에 빠지지 말고, 태아 때 용감하게 엄마 배 속에서 좁은 자궁을 빠져나왔던 것처럼 이 우주를 빠져나갈 수 있기를 기도한다.

10분 뒤에 내 삶이 끝날지, 아니면 내일 끝날지 아무것도 모른다는 것을 매 순간 알아차릴 수 있다면 지금 내 주위 사람들의 행동과 말이 얼마나 소중하고 사랑스러운지 알게 된다. 죽음은 삶을 아름답게 만드는 장치인 셈이다.

3.

'고'로 '통'한다

대부분의 사람들은 죽을 때 '자는 듯이 죽기'를 소망한다. 고통 없이 죽고 싶은 것이다. 그만큼 고통 없이 생을 마치는 것은 어려운 일이라는 방증이다. 또한 온전하고 편안한 정신 상태로 죽는 것이 결코 쉽거나 흔한 일이 아니라는 말이다.

죽을 것 같은 고통을 느끼면서도 죽지 않고 고통이 지속되면 어떻게 될까. 나도 오랫동안 이 질문을 가슴에 품고 산 적이 있었다. 물속에서 숨을 최대한 참고 있다가 도저히 못 참고 죽을 것 같을 때 물 밖으로 나오는 걸 반복하면서 실제 죽음이 이렇다면 얼마나 무서울지 몸서리를 쳤다. 좁은 땅굴 속에 거꾸로 처박혀 있다면, 건물 붕괴 사고의 피해자라면 어떨지도 생각해

본다. 좁은 곳에 갇혀서 죽어 갈 처지의 고통은 나에게 극도의
공포다.

　부산의 한 복지단체에서 의뢰한 70, 80대 어르신들을 대상으
로 한 강의에서 88세 할머니가 질문했다. "선생님, 죽는 건 안
무서운데 죽을 때 고통스러울까 봐 너무 무서워요. 어떻게 해
야 할까요?" 흉선암으로 투병하시던 아빠가 가장 무서워한 것
도 고통이었다. 아빠는 입속과 혀의 구혈 때문에 무엇 하나 드
실 수가 없었다. 음식이 들어가면 극도로 아팠기 때문에 두유
나 물만 드셨다. 몸이 전체적으로 아플 신호(폐에 물이 차서 호
흡이 힘들어질 기미)가 보이면 간호사에게 진통제를 놔 달라고
애원했다. 나는 강의 후 그 어르신에게 이렇게 대답했다. "참을
수 있을 만큼만 고통스러울 겁니다. 참을 수 없을 정도면 몸이
스스로 기절을 시킬 거예요. 아니면 현대 의학의 도움을 받아
고통을 못 느끼게 할 수도 있습니다. 미리 걱정하지 않으셨으
면 좋겠어요."

　하지만 참을 수 있을 만큼만 고통스럽다는 말은 어폐가 있
다. 참을 수 없어서 자살하는 사람도 많으니까. 개인적으로 나
는 조력자살(안락사)을 찬성한다. 내가 내 죽음을 선택할 수 있

는 것이 당연하게 느껴진다. 내 시작은 마음대로 못 했지만 끝은 마음대로 해도 되지 않을까. 특히 내가 피할 수 없는 고통에 지속적으로 노출되어 있다면 말이다. 죽음은 신만이 결정할 수 있다고 믿는 그리스도교인들은 나를 비난할 것이다. 또 누군가는 시작을 마음대로 못 했듯이 끝도 마음대로 해서는 안 된다고 말할지 모르겠다.

내가 겪은 고통은 어떤 것들이 있을까? 여러분도 이제까지 겪은 최고의 고통은 무엇인지 한번 생각해 보라. 나는 국민학교 5학년 때 친했던 친구에게 왕따를 당해 학교 가는 것이 무서웠다. 중, 고등학생부터 대학생 때까지 일 년 중 한두 번은 길 가다가 주저앉을 정도로 생리통이 심했다. 대학교 1학년 때는 급성 신우신염에 걸렸으면서 정형외과에 다니며 열적외선 치료를 받다가 어느 주말 40도 고열로 응급실에 실려 갈 때는 내 고통을 몰라준 언니들에게 섭섭해 더 마음이 아팠다.

3년 전에 왼쪽 아래 어금니 신경치료를 했는데 여전히 아프다고 하자 치과의사는 신경치료는 잘되었다고 심리적으로 그렇게 느끼는 거라고 말해 나를 당황시켰다. 다른 치과에 가 보니 그 치아 바로 옆의 송곳니가 아픈 거였다. 새로운 치과에서 송곳니 신경치료를 또 했다. 그 사이 두 달 동안 '이건 심리적인 거야' 최면을 걸면서도 통증 때문에 자다가 서너 번은 깼다. 통증을 가만히 참고 있으면 눈에서 저절로 눈물이 줄줄 흘러나왔다. 슬프지 않고 아프기만 해도 눈물이 나온다는 사실을 몸소 알게 되었다.

깍지의 최고 고통은 배고픔과 불안이었다. 깍지는 어려서부터 부모님, 여동생과 3평짜리 단칸방에 살았다. 자면서 뒤척이는 것이 불편할 정도로 좁았다고 한다. 엄마는 단칸방과 붙어 있는 작은 가게에서 떡볶이 장사를 해 돈을 벌었다. 유치원 다닐 때쯤, 아저씨 서너 명이 와서 떡볶이 그릇과 어묵 국물, 접시를 모조리 내동댕이치고 가는 걸 봤다고 한다. 아버지가 사채를 빌려 쓴 모양이었다.

중학교 때 깍지 부모님은 이혼을 했다. 여동생과 깍지는 막노동을 하는 아버지와 3년 동안 살다가 고등학교 1학년 때 엄마와 살게 되었다. 깍지를 만난 지 얼마 안 되어 깍지와 함께 엄마와 살았던 집에 찾아간 적이 있다. 초량의 산동네 어디쯤에서 나는 까치발을 하고 담장 너머 깍지가 엄마와 여동생과 함께 살았던 방을 내려다봤다. 방 앞에 곤로 하나를 놓으면 부엌이 되고 밖에 붙어 있는 수도꼭지 하나가 목욕탕이 되었다고 한다.

깍지는 고등학교 2학년 때 편의점 알바를 시작했다. 편의점에서 유통기한이 지난 삼각김밥으로 끼니를 때울 수 있을 거라 기대했지만 사장은 본사에 반납해도 100원밖에 받지 못하는 삼각김밥을 깍지에게 양보하지 않았다. 학교 선생님은 급식비를 내지 못한 학생 서너 명을 호명해 다른 학생들 앞으로 불러낸 후 미납금액을 일러 주며 급식을 먹으러 갈 수 없다고 했다. 깍지는 테이프로 묶어 놓은 1000원짜리 세 개 번들 건빵으로 아침, 점심, 저녁을 해결했다.

나는 깍지가 견딘 모든 고통을 존경한다. 그 많은 것들을 헤치고 나에게 왔다. 어쩌면 그 고통 때문에 일찍 철이 들어 훨씬 나이가 많은 나와 정신연령이 비슷한지 모른다. 우리가 썸을 탈 때 깍지는 재결합한 부모님과 함께 월세 10만 원짜리 주택에 살고 있었다. 도시가스가 아니어서 난방과 온수에 사용되는 기름은 너무 비쌌다. 푸시업을 100개 정도 한 후 샤워를 했다고 한다.

나는 아직도 깍지가 겨울에 찬물로 샤워했다는 소리에 반신

반의한다. 어떻게 그럴 수가 있을까? 그제야 나는 내가 진짜 무서워하는 고통이 추위라는 것을 알았다. 고등학교 1학년 겨울에 학교에서 야영을 갔을 때였다. 우리는 모두 천막 속에서 각자 가지고 온 침낭에서 잤다. 나는 온몸을 떨면서 극도의 고통과 함께 밤을 샜다. 그 이후론 찬물에 무언가를 씻는 것도 거부하는 삶을 살았다. 하루는 깍지가 우리 집에서 처음으로 설거지를 하다가 '어, 설거지하는데 왜 온수를 쓰지?'라고 말했다. 따뜻한 물로 설거지하는 것을 이해하지 못했던 깍지의 말이 내겐 너무나 처절하게 들렸다. 지금도 나는 그런 말을 할 정도로 고통스러운 삶을 산 깍지를 생각하면 가슴이 아리다.

인간의 모든 이야기는 결국 '고통의 이야기'다. 고통 없는 사람은 아무도 없다. 인간이라면 누구나 고통이 있다. 고통이 있기 때문에 우리는 편안함, 행복, 즐거움, 기쁨을 알아차릴 수 있다.

4.

의식의 주인이 되면
의식주가 해결된다

인문학적 사고를 하면 운이 좋아진다. 복을 부르는 것이다. 8년 동안 인문학 강의를 하면서 가장 중요하게 생각하는 PPT 슬라이드가 있다. 양자역학과 평행우주에 관한 도식이다.

이 슬라이드는 칼럼니스트이자 화가인 '고리들'의 유튜브 강의 동영상*을 참조해서 만든 것이다.

양자물리학은 말하는 사람과 듣는 사람 둘 다 이해하지 못하는 영역이라고 하니 고리들이 말한 핵심만 짧게 전해 보겠다. 좋은 평행우주를 경험하기 위해서 우리는 잠재의식 차원으로 감사와 믿음의 깊이가 깊어야 한다. 머리로, 즉 표면의식으로

---

* https://youtu.be/exmfh5K678M. 현재 채널명은 '아비투스'다.

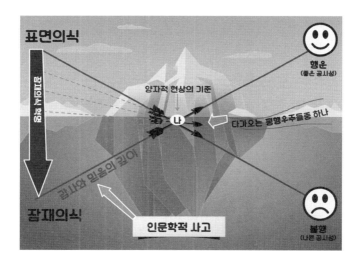

만 감사하고 믿으면 안 되는 것이다. 그러면 불행한 평행우주를 경험하게 된다. 모든 사람들이 행복한 시공간을 경험하고 싶어 한다. 어떻게 하면 잠재의식 차원에서 감사와 믿음의 깊이가 깊어질 수 있을까?

고리들은 인문학적 사고라고 답한다. 인문학적 사고를 하면 그렇게 된다. 즉 행복한 삶을 살게 되는 것이다. 인문학적 사고가 그래서 중요하다. 삶을 행복하게 만드는 비법은 인문학적 사고에 있었던 것이다. 요즘 인문학 열풍이 불고 있는 것이 이해가 될 것이다.

인문학적인 사고를 하는 사람들에게는 좋은 일이 일어난다. 행복하게 산다. 좋은 평행우주를 만나게 된다. 잠재의식 혁명이 일어난 것이다. 표면의식에서 내려오는 화살표처럼 잠재의식 차원으로 감사와 믿음의 깊이가 깊어져서 내 삶이 행복해지는 것이 자기 혁신이고 깨달음인 것이다.

그렇다면 인문학적 사고란 구체적으로 어떻게 사고하는 것을 말하는 것일까? 근본적인 질문을 품고 사는 것을 말한다. '나는 무엇을 위해 이렇게 돈을 벌어대는 걸까? 죽으면 어떻게 될까? 나에게 행복이란 무엇일까? 나는 왜 존재할까?' 등 끊임없이 근본적인 질문을 던지고 답하려고 애쓰는 사람이 인문학적 사고를 하는 사람이다.

머리로만 감사하고 믿는 사람들, 그러니까 인문학적 사고를 하지 않는 사람들은 살아가면서 나쁜 공간과 시간을 가지게 된다. 인간관계가 꼬이고, 고소도 당하고, 아이들도 말을 안 듣고, 몸도 안 좋아지는 등 삶이 고달파질 확률이 높다. 죽으면서 이렇게 말할지도 모른다. '내 인생이 왜 이 모양일까, 도대체 뭐가 문제였을까.'

잠재의식 차원으로 감사하다는 것은 어떤 의미일까. 당연한 것에 눈물이 나면 그 사람은 잠재의식 차원으로 감사한 사람이라 생각한다. 남편이 내 옆에서 자고 있는 것은 당연하다. 어느날 밤, 남편이 내 옆에서 '쌕쌕' 숨소리를 내면서 자고 있는 모습을 보고 눈물이 왈칵한다. 8년 동안 나와 살아 주고 있어서, 건강하게 자기 일을 하면서, 그저 살아 주고 있어서 눈물이 난다. 그렇다면 당신은 남편의 존재 자체에 감사한 사람이다. 어느날 아침, 창문으로 비친 햇살이 너무 아름다워 눈물을 흘린 적이 있는가. 너무나 당연한 사실에 가끔 눈물이 나는가. 그 사람은 무의식 차원으로 감사한 사람이다. 성경에서 말하는 범사에 감사하는 사람이다. 그런 사람은 좋은 평행우주를 경험하다가 죽을 것이다.

잠재의식 차원으로 믿는다는 것은 또 무슨 말일까. 63빌딩에서 떨어지면 죽는다는 것을 우리는 잠재의식으로 알고 있다. 그래서 모두 죽는 것이다. 63빌딩에서 떨어지면 죽는다는 사실에 너무 황당해하는 사람이 있다면 그 사람은 죽지 않는다. 하지만 그런 사람은 없을 것이다.

물 위를 걸을 수 없다는 걸 알고 있어서 우리는 물 위를 걸을 수 없다. 하지만 예수님은 물 위를 걸었고, 그걸 본 베드로도 한 치의 의심 없이 세 발자국을 걸었다. 하지만 의심이 드는 순간 물에 빠지고 말았다. 예수를 건드리기만 해도 혈루증이 나을 것이라 믿었던 여인은 실제로 병이 나았다. 그걸 본 예수도 "딸아, 네 믿음이 너를 구원하였으니 평안히 가라"고 말하지 않았는가.

내가 이 세상은 아름다운 곳이고, 타인을 믿을 만한 사람들이라고 알고 있을 때 세상은 그렇게 평행우주를 경험하게 한다. 하지만 머리로만 '세상은 아름다운 곳이야, 그래도 믿을 만해'라고 생각하는 사람, 즉 무의식으로는 '산다는 건 고통이야, 가만있으면 코 베어 가는 무서운 세상이야'라고 인지하는 사람은 그 비슷한 평행우주를 경험하다 죽게 되는 것이다. 이것이 현대물리학이 밝힌 삶의 비밀이다.

그러나 우리는 이 비밀을 이미 오래전부터 알고 있었다. 661년 원효대사는 의상대사와 함께 당나라로 불교 공부를 하러 길을 떠났다. 화성에서 하룻밤을 자고 나면 당나라로 떠나는 배를 탈 예정이었다. 그날 밤 목이 몹시 타 주변을 더듬거려 보니 바가지에 물이 들어 있는 것이 아닌가. 꿀떡꿀떡 물을 마시는데 그렇게 청량할 수가 없었다. 아침에 눈을 떠 보니 그 바가지는 해골이 아니겠는가. 원효는 구역질을 해 대기 시작했다. 그 순간 깨달음을 얻는다. '어젯밤에는 그렇게 시원하고 맛있었던 물이 한순간에 더럽고 구역질 나는 물이 되는구나. 같은 물이었지만 내 마음에 따라 물맛이 달라지듯 모든 것이 마음 하나의 작용이구나(일체유심조 一切唯心造).' 원효는 당나라 유학을 포기하고 다시 신라로 돌아와 사람들에게 자신의 깨달음을 설파하러 다닌다. 그것이 한국 대승불교의 시작이다. 대승불교의 경전이 화엄경이고, 화엄경의 핵심사상이 일체유심조인 것이다. 일체의 모든 법(평행우주)은 오직 마음이 만들어 내는 것이다.

미국의 사회 심리학자 티모시 윌슨은 '의식은 빙산의 일각이 아니라 빙산의 꼭대기에 쌓인 눈덩이에 지나지 않는다'고 했다. 우리는 빙산 꼭대기의 눈덩이 같은 표면의식으로 삶을 바라보고 있는 것이다. 빙산 꼭대기에서 물 안에 잠긴 거대한 빙산으로 감사와 믿음의 깊이를 내려야 한다. 나는 그것을 '잠재의식 혁명'이라고 부른다. 영어로 Subconscious Revolution이다. 그래서 우리 교육센터의 이름은 그 첫 글자를 딴 SR교육센터다. 나의 모든 강의는 감사와 믿음의 깊이를 머리에서 가슴으로 끌어내려 삶을 변화시키는 것을 핵심으로 하고 있다. 강의 분야인 인문학, 독서, 힐링, 인간관계로 그런 것들이 가능하다.

세상이 나를 미워하고 있는 것 같다면 내 마음 속에서 '존재에 대한 감사와 세상에 대한 믿음'이 약해진 것은 아닌가 고민해 봐야 한다. 세상이 내 뜻대로 이루어지고 있는 것 같다면 지금처럼 계속 세상에 좋은 것을 주려고 노력하는 동시에 겸손해지도록 하자. 여러분 주위에 혹시 사람은 영 아닌데 행복하게 잘 사는 사람이 있다면 의심해 볼 수 있다. 그 사람 내면은 아마 행복하지 않을지도 모르며, 혹은 조만간 불행해질지 모른다.

《명심보감》에 '하늘의 뜻을 따르는 사람은 흥하고 하늘을 거스르는 자는 망한다'고 한다. 일본의 변호사 니시나카 쓰토무는 《운을 읽는 변호사》라는 책에서 50년간 의뢰인 일만 명의 삶을 분석한 후 '운이란 하늘의 사랑과 귀여움을 받는 것'이라고 정의했다. 쓰토무의 운에 대한 정의는 현대물리학과 불교 철학의 운이 좋아지는 비결과 일맥상통하는 임상 결과라 할 수 있겠다.

5.

죽음 면역

내가 죽음을 구체적으로 접한 사건은 국민학교 4학년 때 마을에서 세탁소집 오빠가 물에 빠져 죽었을 때였다. 그는 나보다 한 살이 많았는데 말을 해 본 적은 한 번도 없었다. 하지만 당시 촌의 신작로에 사는 아이들 대부분이 그렇듯 서로 어디에 사는지, 집에서 무슨 장사를 하는지 훤히 꿰고 있었다. 물론 우리 부모님과 그 아이의 부모님은 서로 안면이 있어 말을 하고 지내는 사이였을 테다. 그 더운 여름날 누가 죽었다는 소문은 당일 면소재지 전체를 순식간에 얼려 버렸다. 소문을 들은 작은 엄마, 친구들, 지나가는 어른들의 심각한 얼굴에서 나는 생전 처음으로 누군가가 죽었다는 사실이 너무나 큰일이라는 걸

학습했다.

《잘해 봐야 시체가 되겠지만》의 저자 케이틀린 도티는 어릴 적 매우 근접한 거리에서 한 여자아이가 10m 아래로 추락해 반질반질한 쇼핑몰 바닥에 얼굴부터 닿아 쿵 소리를 내며 떨어 지는 것을 목격했다. 도티는 그 아이의 엄마가 "우리 아기! 안 돼, 우리 아기!"라고 비명을 지르며 달려가는 것도 지켜봤다. 도티는 성장기에 트라우마를 겪었고, 성인이 되어 샌프란시스 코의 화장터에서 하루 수십 구의 시체를 태우며 일하다가 장의 사가 되었다.

만일 내가 세탁소 오빠가 물놀이 하던 장소에서 같이 놀았다 면, 마을 어른들이 와서 이미 숨이 끊긴 오빠를 건져 올리고, 세 탁소 아저씨와 아줌마가 달려와 시체를 끌어안고 우는 장면을 봤다면 나 역시 죽음이라는 명제에 의문을 품는 삶을 살았을 것 이다. 하지만 나는 사건 장소에서 멀찍이 떨어져 있던 다리 위 에서 현장 주위에 서성이던 어른들 수십 명을 봤을 뿐이었다. 다행히 나는 도티처럼 트라우마에 빠지지 않았다. 도티의 경우 처럼 죽음은 나에게 삶에 대한 큰 질문을 던지지 않았다.

그 사건 이후 몇 개월 뒤 부산에 살던 외할머니가 교통사고로 돌아가셨다. 실종된 지 3일 만에 부산 금정구에 있는 한 병원에서 시신을 확인하라는 연락을 해 왔다. 엄마는 시체 냉장고에 누워 있는 피범벅이 된 당신의 엄마를 확인하고 돌아왔다. 얼굴은 도저히 알아볼 수가 없었기 때문에 손가락에 끼어 있는 반지로 자신의 엄마가 맞다고 서명을 했다. 엄마는 보름 동안 밤늦게까지 짐승 같은 울음을 울어 내고 다시 우리 4남매를 먹이고, 입히고, 씻기는 삶으로 돌아왔다.

나는 외할머니의 돌아가신 모습이나 숨을 거두는 모습을 보지 못했고, 다른 방에 있는 엄마의 울음소리만을 들었다. 죽음은 슬프고 참기 힘든 이별이라고 추상적으로 감지했다. 성인이 되기 전에 내가 경험한 죽음은 이것이 전부다. 누가 죽는 모습을 직접 본 적이 없다. 하지만 우리 엄마 세대만 하더라도 죽음은 항상 근처에 있었다. 요즘 같으면 쉽게 살릴 수 있는 병이나 사고에도 많이 죽었으니 말이다.

엄마의 두 살 아래 남동생 도현은 국민학교 2학년 때 죽었다. 며칠 동안 똑바로 서지 못하고 구부리고 앉아서 배가 아프다고 했단다. 일주일 넘게 앓고 있던 도현을 데리고 외할머니는 대구 성서병원에 갔다. 하지만 집으로 돌아온 사람은 외할머니 혼자였다. 도현은 동전을 삼켜서 배가 아팠던 것이다. 국민체조 중에 손바닥을 펴는 동작에서 손에 쥐고 있던 동전을 입에 물고 있다가 삼킨 것으로 추정된다.

엄마가 실제로 누군가의 숨이 넘어가는 것을 본 건 그 후로 2년이 지나서다. 그날은 국민학교 6학년을 마친 겨울, 설 바로 전날이었다. 엄마는 친구들과 놀다가 밤늦게 비밀 문으로 기어들어와 사촌 동생들 다섯 명과 당신의 동생들 세 명이 자고 있는 방에 들어가 동생들 틈에 누웠다. 엄마가 지금 생각해도 이상한 것은 그 좁은 방에 야릇한 냄새가 진동을 했다는 것이었다. 아이들이 많아서 그런가 보다 생각했다. 그런데 여덟 살, 사촌 동생 선현이가 자면서 '귀신이 내 목 졸라...'라고 여러 번 소리치는 게 아닌가. 선현이는 엄마가 봐도 너무 잘생겼고, 공부를 잘하고 똘똘했다. 엄마는 선현이가 잠꼬대를 하고 있다고 생각했다. 하지만 선현이는 실제로 목이 졸리는 것처럼 힘겹게 그 문장을 계속 반복했다. 중간중간에 '아, 아' 같은 신음 때문에 엄마는 부엌에서 명절 음식을 준비하고 있던 부모님과 작은집 어른들을 불렀다. 새벽이 되자 선현은 숨이 까르륵거리면서 곧 죽을 것 같았다. 외할아버지가 입을 맞춰 숨을 빨아 당기니 숨을 좀 쉬었다. 그리고는 또 몇 분이 지나지 않아 숨이 깔딱거렸다. 교환수가 있던 수동식 전화로 면사무소에 전화를 하니 지금은 눈이 와서 못 와 본다고 했다.

설날 아침 집안은 난장판이 되었다. 외할아버지는 당신 동생의 막내아들을 가마로 덮어 놓았다가 지게에 지고 양지마*로 묻으러 올라갔다. 나중에 엄마가 알아차린 섬뜩한 사실은 다른 아이들의 신발은 밖에 아무렇게나 널브러져 있고, 눈까지 쌓여 있는데 선현의 검정 고무신만은 굴뚝 올라가는 시멘트 위에 가지런히 놓여 있던 것이었다. 선현의 죽음은 여전히 의문투성이로 남아있다. 하지만 이것이 비극의 끝이 아니다. 선현의 누나 순자, 선현의 형 누구도(엄마도 이름을 기억하지 못한다.) 그해에 죽었다. 엄마의 작은엄마는 한 해에 아이 세 명을 잃고 정신이 나가 버렸다고 한다.

나는 우리 엄마가 당신의 엄마가 피범벅이 된 모습을 보고 와서도 보름 만에 기운을 낸 것이 어릴 적부터 죽음에 친숙했기 때문이라고 믿는다. 죽음에 친숙하지 않은 내가 같은 일을 당했다면 어땠을까.

* 봉화군 명호면 도천리.

LA의 장의사가 된 도티도 숨이 빠져나가는 모습을 목격하거나 시신을 마주한 경험 없이 죽음을 제대로 이해하는 건 불가능하다고 했다. 죽음을 감출수록 산 사람이 잘 죽는 데 방해만 될 뿐이라는 것이다. 우리는 요즘 죽음이 보이지 않는 곳에 살고 있다. 죽음이 삶의 일부분으로 들어오지 못하고 삶의 끝 어딘가 보이지 않도록 감춰두고 있다. 오늘날 우리에게 죽음은 좋지 않은 것, 피해야 하는 것, 보지 않아야 하는 것으로 어둡게 포장되고 있다. 하지만 우리에겐 죽음 면역이 필요하다. 우리도 곧 죽을 것이며, 그전까지는 주위의 가까운 사람들이 죽는 것을 접할 수밖에 없기 때문이다.

6.

날아라 신디리

사회 초년생 때만 해도 나는 사람이 당연히 집에서 죽는 줄 알았다. 죽고 나서도 조부모님은 집에 계셨기 때문이다. 장례를 치를 때 할아버지와 할머니는 병풍 너머 관 속에 누워 계셨다. 요즘은 집에서 병간호 받던 사람도 죽음이 코앞이면 급하게 병원으로 옮겨진다. 집에서 죽었다가 시체가 나가는 걸 보거나 소문이 나면 집값에 큰 영향을 미치기 때문이다. 죽음은 누군가에게 보이는 것이 허용되지 않는 세상이 되어 버렸다.

20대 중반에 할아버지가 돌아가셨을 때는 집에서 5일장을 치렀다. 재산면 동네 어르신 몇몇 분들과 운상꾼들이 큰 상여 위에 할아버지 시신을 올려 짊어지고 문중 산으로 옮겼다. 그

뒤로 상복을 입은 10남매와 며느리, 사위들, 손주들이 줄줄이 따라가면 신작로 사람들이 밖으로 나와 구경을 했다. 상여가 준비되는 지난한 과정에서 할머니, 고모들, 숙모들은 진짜 슬퍼서 우는지 억지로 우는지 모를 곡소리를 내곤 해 나를 울리기도 하고 헷갈리게 만들기도 했다.

산에 도착해서 아저씨들이 땅을 팠고, 할아버지 관이 땅 속에 내려졌다. 관 위에 흙을 얹어 다지면서 소리꾼 아저씨가 '이제 가면 언제 오나', '우리 둘째 아들 출세해서 좋구나' 그런 즉흥 노래를 지어 불렀다. 땅 다지는 아저씨 여덟 명은 떨구 찢기라는 걸 하면서 '어이 어이' 같은 후렴구인지 추임새를 복창했다. 그야말로 죽음이 예술과 하나 되는 의식이었다. 그때마다 만 원짜리 지폐가 노잣돈이라는 이름으로 왔다 갔다 했다. 죽음이 경제를 부흥시키는 장치이기도 했다. 전통 장례에서 죽음은 지금처럼 은폐되어 있지 않았다. 우리는 최선을 다해 할아버지를 보내 주는 의식을 했으며 마을 사람들과 자식들, 손주들에게도 이별할 충분한 기회와 시간이 주어졌다.

한 세대가 지나, 우리 아버지의 장례식을 보자. 아버지는 10남매 중에서 가장 일찍 돌아가셨다. 봉화 해성병원 장례식장에서 3일장을 했다. 발인하는 날, 엄마와 우리 4남매, 고모들, 큰 아버지, 작은아버지들, 사촌오빠 등 많은 어른들이 죽은 아빠의 모습을 봤다. 아빠는 내가 마지막으로 봤던 생전 모습보다 훨씬 얼굴이 좋아 보였는데 그게 장의사의 화장이나 어떤 조작이 있었는지는 확실하지 않다. 《잘해 봐야 시체가 되겠지만》이란 책에 나오는 미국식 시체 치장 방법이 가해지지 않았기를 바란다.

장의사는 아빠를 만져도 된다고 했는데 나는 그게 아주 위안이 되었다. 아빠를 마지막으로 만질 수 있어서 다행이었다. 하지만 조카 네 명은 외할아버지를 볼 수 있는 기회조차 갖지 못했다. 장의사뿐만 아니라 작은아버지들이 아이들은 보면 안 된다고 했다는 말을 나중에야 전해 들었다. 왜 아이들에게는 죽음을 보이지 말아야 한다고 생각하는 걸까. 아이에게 삶과 죽음이 무엇인지 깊이 생각할 수 있는 기회를 어른들이 기를 쓰고 막아 내고 있다. 마치 아이들에게는 죽음이 오지 않을 것처럼.

이제 다음 세대로 가 보자. 나의 죽음이다. 내가 장례식에 대한 유언을 해 놓지 않는다면 아마 이런 장례식을 갖게 될 것이다. 부산의 한 장례식장 203호에서 깍지, 언니 둘, 형부 둘, 동생, 조카 넷이서 딱 하루, 낮 동안 앉아 있을 것이다. 홀쩍이면서 핸드폰으로 지인들에게 장의사가 알려 준 대로 부고와 링크를 보낼 것이다. 코로나가 바꿔 버린 장례 문화가 정착이 되어 조문은 거의 없고 가족들 각자 자신의 계좌로 부의금을 받게 될 것이다.

내가 죽은 것을 의식하는 행사에서 나만의 고유함을 발휘하기 위해 나는 무엇을 할 수 있을까. 나를 기억하는 사람들에게 무엇을 전할 수 있을까. 노래 부르는 것을 좋아하고 기타도 잘 치는 깍지는 자신의 장례식에 다음 다섯 곡의 노래를 틀어 달라고 한다.

〈민물장어의 꿈〉 – 신해철

〈우리 앞의 생이 끝나갈 때〉 – 넥스트(신해철)

〈내 사람이여〉 – 김광석

〈흰수염고래〉 – 윤도현 밴드

〈Perfect〉 – Ed Sheeran

내가 주인공이 되는 행사인데 나는 존재하지 않는 아이러니. 그것이 장례식이다. 나를 기억하는 장례식에 나도 깍지처럼 내가 엄선한 노래들이 울려 퍼지면 좋겠다. 얼굴에 여드름이 빈틈없이 빼곡했던 중2 때 나는 이불 속에서 이어폰으로 전해지는 신해철의 음성에 취해 있곤 했다. 〈인형의 기사〉를 듣고 있으면 호르몬이 발작을 중단했다. 그게 나에게는 영성의 시간이었다. 깍지와 나는 신해철을 존경한다. 우리는 그의 노래 대부분이 영혼을 울린다고 생각한다. 내 장례식에는 신해철의 노래만 울렸으면 좋겠다. 그는 삶과 죽음을 노래한다. 길게 살지 못해도 굵게 살 수 있다고 말했던 그가 보고 싶다.

〈날아라 병아리〉

〈일상으로의 초대〉

〈인형의 기사 part 2〉

〈슬픈 표정 하지 말아요〉

〈내 마음 깊은 곳의 너〉

〈힘겨워하는 연인들을 위하여〉

〈그대에게〉

사(死), 저 별로

〈나에게 쓰는 편지〉

〈길 위에서〉

〈우리 앞의 생이 끝나갈 때〉

7.

건강한 죽음

'나는 절대로 요양원에 안 가니까 보내지 마라' 엄마가 우리 4남매에게 수시로 하시는 말씀이다. '걷지도 못하고, 누가 내 수발을 들어야 된다면 죽는 게 낫다'는 말과 함께. 하지만 '혹시 엄마가 치매에 걸려 몸도 정신도 온전하지 못하다면 어떡하나? 요양원에 보내지 않으려면 4남매 중 한 명이 돌봐야 하는데, 네 명 모두 사정이 안 되면 요양원에 보낼 수밖에 없지 않겠나'라고는 차마 말하지 못했다. 일단 치매라는 단어를 내뱉으면 엄마는 단박에 "그럴 리 없어. 왜 그런 말을 해!" 하고 부정해 버리기 때문이다.

모든 이들의 죽기 전 소망은 요양보호사 손에 똥기저귀를 갈리지 않고 걸어 다니다 죽는 것일 것 같다. 깍지는 거동이 불편해지면 연탄불을 피워 놓고 자살을 할 거란다. 아니면 청산가리나 니코틴용액을 마시겠다고 한다. 나는 그런 상황이 오지 않도록 정부에서 거동이 불편하거나, 연명치료를 하고 있는 사람들에 한해 원한다면 합법적으로 안락사를 허용해 주기를 바란다. 마지막 순간에 깍지가 스스로 죽기 위해 고통과 노력을 합하는 모습을 보고 싶지 않다. 충분히 마지막 인사를 나눈 후, 준비된 상태에서 자는 듯이 세상과 이별할 수 있는 제도가 마련되었으면 좋겠다.

서울대학교 유성호 법의학 교수가 쓴 《나는 매주 시체를 보러 간다》에서는 말기 간경화 환자를 예로 들며 의사들이 환자에게 정신 차릴 여지를 주지 않고 끝까지 병원에 누워 있게 한다고 한다. 그래서 스스로 죽음을 정리하고 수용할 시간을 갖는 대신 끊임없이 반복되는 여러 가지 고통스러운 시술로 인생을 끝내 버리게 한다고 말한다. 이는 현대 의학에 의해서 오히려 인간의 존엄이 무시되는 측면이 있음을 잘 말해 주고 있다.

보통 우리는 두 종류에 의해 죽음을 맞이한다. 자연사와 사고사다. 자연사는 나이가 들어 죽는 것으로 알고 있지만 질병으로 죽는 모든 경우를 자연사라고 한다. 자연사할 경우 당사자와 가족들은 죽음을 준비할 수 있는 시간이 주어진다. 환자 입장에서는 아파하고, 불편해하고, 불안해하면서 이제까지 살아온 삶을 되돌아보고 끝을 직시하게 된다. 가족들 입장에서는 환자를 간호하고, 투정을 받아 주고, 위로해 주면서 이별을 시나브로 받아들일 수 있게 만들어 준다. 아빠는 2년 동안 그 기간을 거쳤고 막상 돌아가셨을 때 우리는 한 달 정도 바짝 울고 훌훌 털어 낼 수 있었다.

현대인의 3대 사망 원인은 암, 심장병, 뇌졸중이다. 심장병에 따른 사인의 대부분을 차지하는 것이 심근경색과 협심증인데, 둘 다 심장에 있는 관상동맥의 동맥경화가 주된 원인이다. 통계청이 발표한 2020년도 생명표에 따르면 2020년 출생아의 기대수명은 남자 80.5년, 여자 86.5년이다. 현재 60세인 사람의 기대수명은 남자 83.4세, 여자 88.2세가 된다. 하지만 건강수명은 전체수명의 20% 정도로 2020년에 태어난 남성은 65세 정도까지는 건강하다가 나머지 15년 정도는 골골거리다 죽는다. 여성은 67세까지 건강하고 나머지 19년 정도는 병치레를 하면서 살게 된다. 기대수명은 크게 늘어났지만 건강수명은 그다지 길지 않다.

사고사가 아니라면 우리 대부분은 암이나 심혈관 질환, 뇌혈관 질환에 의한 징후로 이별하는 의식을 치르게 될 것이다. 나는 그 의식이 3개월이면 족할 것 같고, 깍지는 거동을 할 수 있을 때까지, 엄마는 요양원에서 죽음을 기다리지 않을 정도인 것이다. 우리의 이별의식이 무의미한 치료로 허비되어서는 안 되겠다. 의사들도 당사자와 가족들이 빨리 죽기를 희망한다면 최대한 환자를 오래 살게 하겠다는 다짐을 내려놓는 게 맞을 듯하다. 끝까지 항암제를 사용하라는 조언은 너무나도 자본주의적이다.

문제는 사고사다. 사고사는 갑작스럽게 맞게 되는 죽음이다. 자살이나 타살, 교통사고, 재해 등으로 인한 사망이다. 당사자는 죽는 순간에 '내가 이제 죽는구나' 느끼게 될까? 나는 감히 그 느낌을 표현할 수 없다. 가족들 입장에서는 학교나 회사에 다녀오겠다고 나간 사람을 이후 다시는 만나지 못한다는 것을 의미한다. 양쪽 모두에게 사고사는 최대 비극이며 그런 비극이 닥치지 않기만을 바랄 뿐이다.

나는 걸어 다니다가 죽고 싶다. 연명치료 같은 것은 하지 않고, 명이 다할 때까지 고통스럽지만 않다면 고향 산천을 천천히 걸어 다니면서, 찾아오는 가족이나 친척, 친구를 만나다가 충분히 작별 인사하고 죽고 싶다. 죽기 전까지 나와 끝을 같이할 병을 관찰해서 세세하게 기록하고 책으로 남겨 두고 떠나고 싶다.

앞으로 원하는 것이 있다면 깍지와 딱 지금처럼 사는 것이다. 지금처럼 웃으면서, 행복하게, 서로 위해 주면서, 같이 공부하고, 놀러 다니고, 책 읽고, 의견을 나누면서 말이다. 그리고 가장 중요한 것! 항상 죽음을 상기하는 것이다. 깍지가 당장 죽을 수도 있고, 내가 당장 죽을 수도 있기 때문에 우리는 내일을 보지 않고, 당장을 보고 살 작정이다. 건강한 죽음은 미래보다는 현재를 살고 있을 때 가능하다.

8.

초(超) 죽음

하루는 깍지에게 물어보았다. "깍지는 내가 갑자기 죽었는데 나랑 똑같은 육체에 거의 비슷하게 말하고 행동하는 AI 로봇을 100만 원에 살 수 있다면 살 거야?"

깍지의 대답은 No였다. 하지만 나의 대답은 Yes다. 나는 그 정도로 깍지와의 이별을 쉽게 받아들이지 못할 것이다. 깍지의 부드러운 볼에 더 이상 내 얼굴을 문지를 수 없다면, 더 이상 깍지의 강아지 같은 눈을 바라볼 수 없다면, 매일 밤 깍지와 껴안고 잘 수 없다면, 매일 아침 알람 소리에 깬 깍지에게 물 한 컵을 들고 가서 입에 대주면 제비 새끼처럼 입을 벌리고 물을 빨아들이는 모습을 볼 수 없다면 나는 어떻게 살아갈 수 있을까.

깍지와 똑같이 생긴 로봇을 볼 때마다 '이 로봇은 진짜 깍지가 아니야'라고 생각하겠지만 나는 너무나 이기적이게도 그 로봇을 볼 수 있어서, 내 눈과 내 손과 내 감각이 그를 느낄 수 있어서 숨을 쉬며 살아갈 수 있을 것이다. 그 로봇은 깍지가 하던 대로 주말 아침마다 내 보조를 받으며 멋진 요리를 뚝딱 만들어 내고, 저녁엔 같이 책을 읽으러 커피숍에 가고, 내가 원할 때마다 스킨십을 하도록 프로그래밍이 되어 있을 것이다.

나에게 필요한 만큼 우리는 그 대상의 상실을 두려워한다. 내가 노트북을 잃었다면 그 안에 얼마나 중요한 사진과 영상, 글이 있는지, 노트북 가격은 얼마인지에 따라 상실의 크기가 달라지는 것처럼 말이다. 찬장에 들어 있는 수많은 머그컵 중 하나를 깨뜨렸다면 별 감정을 느끼지 못할 것이다. 하지만 핸드폰을 깨뜨렸다면?

사람도 마찬가지다. 내가 1년에 한두 번 모임에서 만나던 사람의 죽음은 나에게 큰 동요를 일으키지 않는다. 그러나 내 가까이에 있으면서 내가 필요로 하는 존재의 죽음, 그 영원한 이별을 견디기는 무척 어려울 것이다. 지금 내 행복에서 깍지의 존재는 절대적이기 때문에 나는 깍지의 죽음이 이 세상에서 가장 두려운 것이다. 깍지라는 존재가 이 세상에서 너무 힘들게 살다 간 것이 불쌍해서도 가슴이 미어질 것 같다.

깍지가 매일 편도 40분가량 시내(전국에서 가장 험하게 운전을 한다는 부산이다!) 운전해서 출퇴근하기 때문에 나는 순간순간 두려움의 찰나를 느끼곤 한다. 사고라도 나는 게 아닌지 불안한 감정은 하루에 3초 정도 머무르다 간다. '아니야, 아니야. 오늘도 센터 마친 후에 귀여운 표정으로 현관문을 열고 들어와서는 내가 나와 볼 때까지 서 있을 거야'라고 생각하면서 그 불안을 털어 내고는 한다. 그런 불안을 깍지도 느끼는지 내가 강의가 있어 차를 몰고 시외로 나간 날에는 자주 전화를 한다. 블루투스로 전화를 받는지, 과속하고 있는 건 아닌지, 졸리지는 않는지, 운전하면서 뭐 먹고 있는 건 아닌지 확인한다.

깍지는 자기가 죽으면 화장을 해서 바다에 뿌려 달라고 한다. 그러면 어느 해안을 가든 내가 자기를 만날 수 있을 거란다. 바다는 모두 연결되어 있으니까. 12살이나 어린 남자가 먼저 죽을 거라고 생각하다니. 깍지는 삶에 비관적이다. 깍지의 삶이 비관적이었다. 세상이 깍지에게 비관적이었다. 살고 싶지 않다고 말할 때는 가슴이 철렁한다. 몇 년 전까지만 해도 나는

'이젠 내가 있는데도 그러냐'고 소리를 질렀었다. 이제는 그런 깍지도 존중해 주고 싶다. 최대한 깍지가 행복하다고 느낄 수 있고, 살맛 난다고 느낄 수 있게 옆에 있고 싶다.

깍지가 내 옆에서 죽은 듯이 자고 있을 때 나는 죽음 연습을 한다. '아침에 내가 눈을 뜨지 않으면 깍지는 어떤 행동을 보일까?' 또는 '깍지가 조만간 죽는다면' 하고 가정해 보는 것이다. 어김없이 눈물이 시속 150km 속도로 베개에 파고든다. 이런 행동이 재수 없는 일이라고 생각하는가? 그렇지 않다. 이것은 깍지의 현존에 진심으로 감사를 표하는 신성한 의식이다. 깍지의 존재 자체가 너무나도 소중하게 느껴진다. 아침에 잠이 깬 깍지가 기지개를 켜는 걸 볼 수 있는 순간이 휘황찬란하게 새로운 날이 되는 것이다.

이 글을 읽고 있는 독자도, 나도 결국은 죽어서 이 세상을 떠난다. 그 순간이 당장 내일이 될 수 있음을 기억하자. 오늘이 아름다워질 것이다. 이 시대 지성인, 이어령의 마지막 인터뷰집인 《마지막 수업》이라는 책에서 이어령은 우리 모두가 '덮어 놓고 산다'고 했다. 덮어 놓은 것을 들추는 게 철학이고 진리고 예술이다. 그런데 지금 우리 시대가 가장 감쪽같이 덮어 놓고 있는 게 있다고 한다. 우리가 감쪽같이 덮어 둔 것. 그것은 바로 '죽음'이라는 것이다.

일본의 소설가 무라카미 하루키의 《상실의 시대》에서 주인공 와타나베는 열일곱 살에 단짝 친구였던 기즈키와 이별한다. 5월의 어느 오후, 기즈키는 와타나베와 오후 수업을 빼먹고 당구를 치고 놀았다. 그날 밤 기즈키는 자기 집 차고 안에 있던 N360 차의 배기 파이프에 고무 호스를 잇고 창문 틈을 고무 테이프로 땜질한 채 엔진을 걸어 자살했다.

그 사건 이후로 와타나베는 당구대 위의 빨간색과 하얀색 공 안에도 죽음이 존재하고 있음을 몸 안쪽에서 느끼는 인간이 되었다. '죽음은 삶의 반대편 극단에 있는 것이 아니라, 그 일부로서 존재하고 있다'고 말이다. 소설의 마지막 장면은 인상적이다. 방황하던 와타나베는 결국 '나는 지금 어디 있는가' 실존을 따지는 건강한 성인으로 바뀌어 있다. 이 소설이 무라카미 하루키의 자전적인 소설로 알려져 있는 만큼 죽음은 와타나베(무라카미 하루키)를 성장시키는 요소가 되었음에 틀림없다.

생텍쥐페리는 《어린 왕자》에서 '이 우주의 근원을 넘나드는 사람에겐 죽음 같은 것은 아무것도 아니야. 죽음도 삶의 한 과

정이니까'라고 말했다. 나도 그렇다. 삶의 한 과정일 뿐인 죽음
이 아무것도 아니라고 생각하기 위해 나는 오늘도 노력한다.
이 우주의 근원을 넘나드는 사람이 되려고 노력하는 것이다.
죽음을 항상 생각하는 것은 이 순간을 기억한다는 뜻이며, 순
간을 영원처럼 살겠다는 의지다. 죽음을 고찰하지 않는 삶이야
말로 죽어 있는 삶이다.

9.

이 별에서 잘 놀다 가네

웰다잉이란 살아온 세월을 후회하지 않고 편안하게 죽음을 '맞이'하는 것이다. 웰빙, 웰에이징이란 단어가 히트 친 후 이제 웰다잉 교육이 전국적으로 유행이다. 웰다잉 민간 자격증 과정도 쉽게 접할 수 있다. 유서, 묘비명, 삶을 정리하는 기록 등을 써보고, 관 체험을 하는 곳도 있다. 웰다잉 프로그램을 경험하고 나서 죽음을 능동적으로 인식하고 삶이 더 활기차다면 교육의 효과가 크다고 할 수 있겠다. 죽음이 육체적으로든 정신적으로든 준비되어있으면 웰다잉이다.

직장 생활 10년을 하고 나서 프리랜서 강사가 되기 전 백수 생활을 하던 시기였다. 시간이 있을 때 배우고 싶은 것들을 다

배우고 싶었다. 특히 타로를 배우고 싶었다. 전봇대에 붙어 있던 전단지에는 타로를 무료로 가르쳐 준다고 했다. 한 달 동안 타로를 배우고 나자, 선생님은 성경을 알아야만 타로점을 풍부하게 해석해 줄 수 있다고 말했다.

뭐든 배우는 걸 좋아하던 나는 일주일에 세 번, 오전 10시부터 12시까지 100명이 넘는 사람들과 성경 수업을 들었다. 성경 강의는 깔끔한 전달력과 간간이 터지는 고급스러운 유머가 더해져 수준이 높았다. 전도사는 학생 10명에서 20명 정도를 케어했다. 내 담당 전도사는 내가 전혀 믿음이 없어 보이자 강사 접견을 신청했다.

강의 중에는 그렇게 카리스마 넘치던 강사가 1:1 상담에서는 너무나 빈틈이 많았다. 강사가 무슨 조건을 든 후에 그러면 죽게 된다고 하는 말에 나는 어안이 벙벙해서 '그게 왜요?'라고 물을 수밖에 없었다. '죽는 게 나쁜가요?'라는 내 질문에 강사는 할 말을 잃은 듯 보였다. 당연히 죽음은 나쁜 것인데 내가 나쁘다고 생각하지 않는다는 게 충격인 모양이었다. 이렇게 성경을 가르치던 단체는 다름 아닌 ○○○이었다. 그들은 죽음을 받아들이지 않는 사람들 같았다. 죽음이 두려운 사람들, 죽고 싶지 않은 사람들, 죽음은 생각조차 하고 싶지 않은 사람들은 육체 영생을 설교하는 종교에 빠지기 쉽다.

우리는 생로병사의 쏠쏠한 재미를 느끼며 살아가고 있는데 왜 굳이 우주를 창조했다는 하나님처럼 영원히 살려고 하는 걸 까. ○○○ 신도들은 생로병사에서 주로 고통과 절망을 느끼고 있어서 종교를 도피처로 여기는 게 아닐까. 《소크라테스의 변 명》에서 발췌한 다음 문장들은 그들에게 하는 말 같다.

"어느 의미에서 죽음은 최대의 선일 수도 있고 아닐 수도 있으나 이는 아무도 모른다. 사람들은 죽음을 두려워하고 있기 때문에 최악 중 최대의 최악이라 믿고 있는 것이다. 모르면서도 아는 것처럼 생각하는 것. 이러한 무지는 비난받아 마땅하며, 수치라고 생각한다."

○○○ 신도들이 죽음을 끌어안고 살아가는 용기를 가졌으면 좋겠다. 불문학자 황현산 선생님도 《밤이 선생이다》에서 '죽음을 견디지 못하는 곳에는 죽음만 남는다'고 했다.

신해철의 유고집 《마왕 신해철》에서 그는 '인간의 목숨을 세

로로 쭉 잡아 늘여 오래오래 살아 보려는 노력은 모두 실패로
끝났지만, 인간의 삶을 가로로 잡아당겨 동시에 수십 명, 나아
가 수천, 수만 명의 삶을 살아 보려는 노력은 얼마든지 가능하
다'고 말했다. 그야말로 가로로 굵게 살다간 사람이다. 그는 45
세, 지금 내 나이에 죽었다. 구전, 문자를 통해서도 전달될 수
없는 감정과 감동은 예술의 형태를 통해서 우리의 DNA에 강
력하게 각인된다고 말한 만큼 그의 노래는 많은 사람들의 세포
에 스며들어 있다. 신해철이 언급한 웰다잉에 대한 구절을 더
살펴보자.

"소년 시절부터 나는 어른들이 만들어 놓은 전형적인 성공
적 인생에 대해서는 동의할 수가 없었다. 그 어떠한 종류의
삶도 배설과 삽입, 수면과 식욕이라는 요소를 생각하면 진
부해지며, 결국은 죽음이라는 똑같은 결론에 도달한다. 사
실 나는 죽음 이후에 더 관심이 많았지만, 과학적으로 검증
될 수 없는 부분에 매달려서 내가 본 적도 없는 신에게 죽은
다음에도 살게 해 주세요 따위의 패러독스를 지껄이면서 구
걸하고 싶은 마음도 없었고, 그렇다고 해서 내가 아무리 발

버둥쳐도 천년만년 살 것도 아닌데 먼저 자살을 하는 따위의 바보짓을 하고 싶지도 않았다. 그래서 내게 중요한 문제는 어차피 죽을 것이라면 죽음의 그 순간까지 무엇을 하면서 시간을 보내야 가장 덜 지루할까 하는 것이었다."

- 신해철, 《마왕 신해철》, 문학동네, 2014, 96쪽

그의 삶을 대충 살펴보더라도 그가 지루하게 살다 갔다고 말할 사람은 없을 것이다. 그는 죽는 순간까지 음악을 하면서 가장 덜 지루하게 살다 갔다. 웰빙이고 웰다잉이다.

이 꼭지를 시작하면서 웰다잉이란 살아온 세월을 후회하지 않고 편안하게 죽음을 맞이하는 것이라고 밝혔다. '후회'에 초점을 맞춰 보자. 20, 30대에 큰 병이 걸렸더라도 살기 위해 열심히 치료를 받고, 식이요법을 하는 것이 웰빙이며, 그렇게 젊은 나이임에도 죽을 때 '잘 살았다'고 말할 수 있으면 웰다잉이다. 70, 80대에 말기암에 걸려 살아온 날을 후회하며 죽음을 맞는다면 배드다잉이다.

잘 살았으니 후회 없다는 감정을 가져야만 웰다잉인 것이다. 그러니 어려서부터 잘 살고 있어야만 웰다잉이 가능하다. 우리

는 언제 어떻게 죽을지 모르기 때문이다. 항상 지금 당장 죽음의 사자로부터 내 이름이 불릴 수 있다는 것을 기억하고 깨어 있어야 한다. 아무도 빠져나갈 수 없는 익명성이 나를 깨어 있게 하는 아이러니. 언제, 어떻게 덮칠지 모르는 죽음과 친구가 되는 원리가 이 아이러니다. 이렇게 죽음은 나를 제대로 살아 있게 만들어 준다. 삶과 죽음이 완벽하게 맞물려 돌아가는 것이다.

10.

별아일체

지구상의 모든 생명체는 서로를 먹어야만 살 수 있다. 서로 먹고 먹히는 관계로 귀결되는 것이다. 인간은 먹히지 않고 다른 동물이나 식물을 먹기만 하다가 죽는다고 생각할 지도 모른다. 하지만 사람이 죽으면 날파리의 애벌레에 의해서든, 개미든, 독수리든 우리 몸도 잡아먹히게 된다. 현대인들은 차마 우리 몸이 어떤 것에든 잡아먹히는 걸 보지 못한다. 꽉 막힌 나무 판때기 안에 숨긴 후 매장하거나 불에 태워 버리는 것이다.

그러나 관 속에서도 시체는 장내 세균이 번식해서 잡아먹히게 된다. 내 안에서 생긴 세균에 의해 잡아먹히는 건 상관없다고 생각할 수 있겠다. 화장 후 유골에도 벌레가 생길 수 있다.

골분은 원래 산골(散骨)이라 해서 말 그대로 뼈를 산이나 강, 바다에 흩뿌려야 한다. 수목장은 보통 400만 원이나 드는데 죽어서까지 한곳에 묶여 세상을 떠돌지 못하도록 하는 것은 자연적이지 않다. 유골함 제작, 장의업계, 납골당, 수목장 등은 관련 산업의 매상을 올리기 위해 부자연스럽게 창조됐을 경우가 많다.

깍지는 자신이 죽으면 화장 후 바다에 뿌려 달라고 했다. 내 생각에도 납골당의 작은 정사각형 한 칸, 수목장의 나무 한 그루에 숨겨져 있느니 세상 속으로 자유롭게 스며드는 게 좋은 것 같다. 가족들이 다 떠난 후에도 내가 그 작은 곳에 남겨져 있다면 생각만으로도 괴롭다.

유해를 보면 그 사람이 생전에 얼마나 멋진 삶을 살았는지, 어떤 대단한 성공을 했었는지, 자식들은 몇이었는지, 얼마나 파렴치했는지 알 수 없다. 그저 2~3킬로 남짓의 재만 남을 뿐이다. 우리는 먼지처럼 사라지는 것이다. 사실 시체를 내버려 두면 썩고 부패하면서 작아져 결국 먼지가 된다. 그 지난한 과정을 보거나 느끼고 싶지 않아 우리는 화장을 해 버리는 것이다. 최대한 빨리 먼지로 만드는 것이다. 하지만 부패를 온연히 느끼고 상기하면 시체가 우리에게 하는 말을 들을 수 있다.

일주일 정도는 부패가 눈에 띄지 않는다. 일주일이 지나면 세포에 산소와 영양소가 공급되지 않아 세포가 붕괴된다. 장내 세균이 번식해서 가스가 부글거리면서 배 부분이 부풀어 오른다. 가스 때문에 압력이 올라간다. 압력 증가로 인해 피부층 사이에 체액이 들어가 피부 껍질이 벗겨진다. 피 속의 헤모글로빈이 산소를 공급받지 못하고 황과 결합하면서 혈관은 거무스름한 녹색으로 변한다. 시체 내 압력이 계속 증가해 체액과 흐물흐물해진 장기가 여러 구멍으로 빠져 나온다. 눈알이 빠져나올 수도 있다. 주변에 파리가 있다면 알을 까고 얼마 지나지 않아 구더기가 일어 시신의 살과 장기를 먹어치운다. 팔, 다리가 떨어져 나가고 서서히 뼈만 남게 된다. 뼈도 수십 년이 지나면서 서서히 조금씩 조금씩 먼지가 된다.

어떤 독자는 이런 걸 왜 굳이 상세히 쓰냐고 생각할지도 모른다. 하지만 나는 이런 내용을 읽는 것만으로도 우리가 죽음을 고찰하게 된다고 생각한다. 활자로만 이루어진 시체 부식 묘사가 뇌 속에서 시각적으로 구현되어 해체에 대한 공포를 줄이고 죽는다는 것이 얼마나 자연스러운지 알게 되는 것이다.

지금 생생히 움직이고 있는 이 손과 얼굴 근육과 다리에게 감사하고 또 감사하게 되는 것이다. 그것이 시체의 부패가 우리에게 말을 거는 방식이다. 역설적으로 살아 있는 신체를 온전히 느끼게 해 주는 것이다.

독일계 스위스인 소설가 헤르만 헤세의 소설《싯다르타》에서는 지금까지 이 꼭지에서 내가 말한 것을 묘사한 구절이 있다.

"그런 다음 싯다르타의 영혼이 다시 돌아왔는데, 그것은 이미 한 번 죽어서 썩어 없어져 보고 먼지가 되어 흩날려 본 적이 있으며 윤회의 슬픈 황홀경을 맛본 영혼인 터인지라, 새로운 갈증 속에서 마치 사냥꾼처럼, 윤회의 수레바퀴로부터 벗어날 수도 있고 인과응보가 끝날 수도 있으며 고통 없는 영겁이 시작될 수도 있는 그런 빈틈을 학수고대하고 있었다."

- 헤르만 헤세,《싯다르타》, 민음사, 2002, 29쪽

내 몸이 자연으로 돌아가는 시체 묵상은 세속적인 삶에서 벗어나 범아일여의 깨달음에 이르는 아주 좋은 정신 수련이다.

죽음을 맞이한 육체는 자연으로 돌아간다. 그렇다면 육체를 벗어난 영혼은 어디로 가는 것일까? 아니 영혼이 존재하기는 한 걸까? 영혼이 어떻게 될 것인지는 우리 죽음관에 맡길 수밖에 없다. 김수환 추기경은 2009년 2월 16일에 87세에 폐렴으로 돌아가시면서 "죽음이 두렵지 않고 이제 신을 만나러 갈 준비가 되었다"고 말하면서 혹시 쓰러지더라도 절대 심폐소생술 같은 연명치료를 하지 말라고 당부했다. 육체는 자연에게 맡기고 영혼은 내 믿음대로 죽어 가는 것. 그것이 선종(善宗)이다.

감사의 글

《이별의 반대말은 저별》이 만들어진 건 2022년 1월 6일 밤이
었다. 깍지가 밀양에 일하러 가서 자고 오는 날은 어김없이 새
벽 2시까지 잠들지 못하고 어두운 허공을 멍하게 쳐다보곤 한
다. 그러던 어느 날, 이 책 한 권이 뚝딱 만들어졌다. 나는 벌떡
일어나 불을 켰다. 안 쓰던 클립보드를 찾아 A4 이면지를 끼웠
다. 볼펜을 챙겨 침대에 기대앉아 순식간에 목차를 썼다. 생로
병사 4개의 큰 챕터에서 내가 중요하게 생각하거나 할 말이 많
은 주제로 10개씩 꼭지 제목을 쓴 것이다. 이미 책 한 권을 손
에 들고 있는 듯 마인드맵 목차가 있는 종이 한 장은 묵직하게
느껴졌다.

총 40개의 꼭지 본문을 써 내야 하는 작업은 의지를 필요로 했다. 글을 쓸수밖에 없는 환경을 만들 필요가 있었다. 누가 내 초고를 읽어주고 피드백을 줄 수 있을까. 몇 명의 친구, 아는 언니, 깍지, 글쓰기 모임에서 만난 문우들을 제치고 조카 원희가 당첨되었다. 원희는 고2 겨울방학을 보내고 있는 거제도에 사는 남학생이다. (책이 나오는 시점에는 원희가 고3 겨울방학을 보내고 있을 것이다.)

매일 한 꼭지씩 A4 한 장 반 분량을 밤 9시까지 보내지 않으면 5만 원을 주겠다는 제안을 원희는 흔쾌히 받아 주었다. 제대로 읽고 나서 글이 좋으면 어떤 점이 좋은지, 나쁘면 왜 나쁜지 알려 줘야 한다고 덧붙이니 '나 좀 후하게 점수 주는 편인데'라며 싱글벙글거리기까지 했다. 그렇게 이 책은 이모가 조카의 도움을 받아 쓴 책이 되었다.

원희의 카톡 피드백에 일희일비했다. '대박', '완전 좋은데?', '나 설득 당했어', '소름', '재밌어 ㅋ' 같은 말을 들으면 이 책이 10만 부는 거뜬하게 팔릴 것 같은 기분에 가슴이 울렁거렸다. '그냥 쏘쏘', '딱히 교훈이 없다', '왜케 길어', '식상해' 같은 말로 시작하는 카톡을 받으면 이러다 책이 나오기는 할까, 또 반쯤

써 놓고 어느 폴더에 무슨 이름으로 저장해 뒀는지도 모를 글
쪼가리가 될 거란 느낌에 도리질을 치곤 했다. 원희에게 책을
건네면서 많이 울 것 같다. 통영의 한 산부인과 신생아실에 있
던 원희를 바깥에서 처음 봤을 때 울었던 것만큼 울게 될지도
모른다. 원희에게 가장 감사하다는 말을 전하고 싶다.

이 책에서 가장 부정적으로 묘사되는 사람이 있다. 바로 남
동생이다. 자기 지인들에게는 절대 책 홍보를 못 하겠다고 말
했지만 누구보다도 누나 책이 잘 팔리도록 홍보할 인간이다.
동생의 비상한 머리를 거쳐 촌스럽기 짝이 없는 책 제목과 일
차원적인 꼭지 제목이 본문 핵심을 관통하는 제목들로 변신했
다.

이 책의 원래 제목은 '생로병사 인문학'이었다. 서점이나 도
서관에 꽂혀 있으면 절대로 뽑아 보지 않을 만한 제목이었다.
각 꼭지 제목들은 더 가관이었다. 단적인 예로 '死-5. 죽음 면역'
의 원래 제목은 '죽은 사람들'이었다. 동생은 어떻게 그런 제목
을 지을 수 있냐며 웃어 젖혔다. 나의 재치 없음이 동생을 웃길
수 있어서, 아니, 동생이 더 재치 있음을 가슴 깊이 인정하고 있
어서 천국에 와 있는 것 같았다. 나는 누구보다도 동생이 웃으

면서 이 별을 여행하길 원하는 누나였다.

언제나 나의 첫 독자가 되어 주는 깍지에게 고맙다. 고등학교 때 도서부에서 책 관리를 책임졌고, 고등학생 토론 대회에서 부산을 주름 잡던 고급 독자가 항상 나의 첫 독자였다. 전생에 내가 큰 복을 지었나 보다.

이 책을 끝까지 읽어 준 분들에게 진심으로 감사드립니다. 생로병사의 게임에서 해답을 찾아가고 있는 우리 모두는 사우(師友)입니다. 서로에게 스승이고 제자고 친구입니다. 이별의 반대말인 저 별로 행복한 여행을 하기 바랍니다.

이별의 반대말은 저별

ⓒ 신디리, 2023

초판 1쇄 발행 2023년 2월 14일

지은이   신디리
펴낸이   이기봉
편집   좋은땅 편집팀
펴낸곳   도서출판 좋은땅
주소   서울특별시 마포구 양화로12길 26 지월드빌딩 (서교동 395-7)
전화   02)374-8616~7
팩스   02)374-8614
이메일   gworldbook@naver.com
홈페이지   www.g-world.co.kr

ISBN   979-11-388-1643-4 (03810)